ÜBER DIESES BUCH

Ich war eine ganz normale Mittzwanzigerin mit sieben Hochschulabschlüssen, aber noch keinerlei Vorstellung davon, was ich mit meinem Leben anfangen wollte. Das heißt, bis ich gestorben bin ... Naja, beinahe jedenfalls.

Als ob eine Nahtoderfahrung aufgrund einer defekten alten Kaffeemaschine nicht schon peinlich genug wäre, wachte ich auch noch auf und musste feststellen, dass ich plötzlich mit Tieren sprechen konnte, oder vielmehr mit einem ganz bestimmten Tier: einem Kater.

Sein voller Name lautet Octavius Maxwell Ricardo Edmund Frederick Fulton, aber da der viel zu lang ist, als dass ihn sich irgendjemand auch nur ansatzweise merken könnte, nenne ich ihn schlicht und einfach Octocat. Er redet so schnell, dass man ihn manchmal fast nicht versteht, aber anscheinend will er mir sagen, dass seine verstorbene Besitzerin keineswegs eines natürlichen Todes gestorben ist, wie alle annehmen.

Tja, anscheinend bleibt mir keine Wahl – offensichtlich ist es meine Bestimmung, als Blueberry Bays erste Tierflüsterer-Privatdetektivin in die Geschichte einzugehen. Meine Arbeit als Rechtsanwaltsgehilfin im Büro von Fulton, Thompson und Partner dient nur noch dazu, den äußeren Schein zu wahren.

Ich frage mich nur eines: *Wieso hat das bei Dr. Dolittle alles so einfach ausgesehen?*

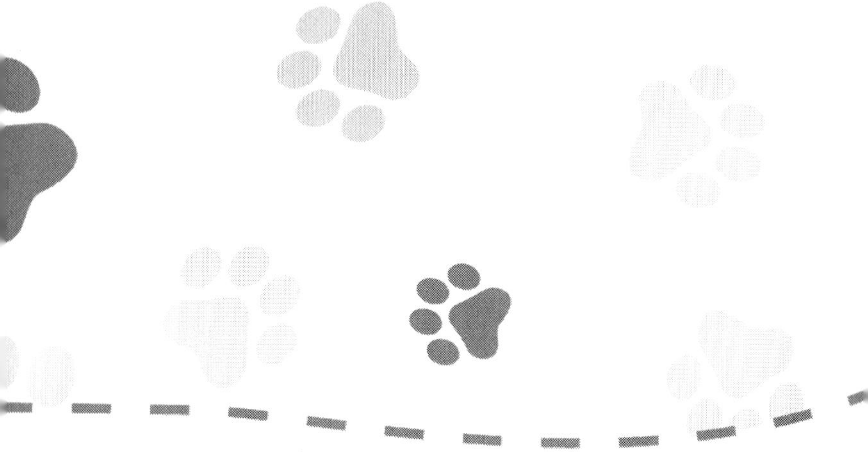

1

Das Erste, was ihr über mich wissen solltet, ist, dass ich Anwälte hasse. Das Zweite ist, dass ich für sie arbeite.

So war das natürlich nie geplant, ganz und gar nicht.

Eigentlich wollte ich eine große Berühmtheit werden und Blueberry Bay endgültig den Rücken kehren, ohne mich auch nur noch ein einziges Mal umzudrehen. Das Problem war nur, dass man Talent braucht, um ein Star zu werden – und genau daran haperte es bei mir. Zumindest habe ich meines bisher nicht entdecken können.

Noch nicht.

Als die Zeitarbeitsfirma mich als neue Rechtsanwaltsgehilfin bei Fulton, Thomson & Partner einsetzen wollte, hätte ich beinahe abgelehnt. Dann jedoch fiel mir gerade noch rechtzeitig ein, dass man ja wohl oder übel auch Miete bezahlen musste.

Und so kam es, dass ich jetzt hier sitze und tue, was getan werden muss, während ich meinen holprigen Weg in Richtung Ruhm fortsetze, indem ich ein mögliches Talent nach dem anderen auszuschließen versuche. Immerhin, wenn ich das lange genug durchziehe, finde ich vielleicht doch noch meine wahre Bestimmung. Wer weiß? Ich könnte die weltbeste Hip-Hop-Jodlerin werden – allerdings habe ich das schon probiert und bin es definitiv nicht.

Es ist schon okay, ehrlich. Ich genieße die Reise, obwohl ich wirklich nichts dagegen hätte, wenn mein Ziel endlich in Sicht käme.

Hallo, mein Name ist Angie Russo, und eines Tages wird euch mein Name von sämtlichen Leuchtreklamen entgegen prangen.

Meine Großmutter war zu ihrer Zeit eine gefeierte Broadway-Schauspielerin. Zumindest, bis sie sich auf dem Höhepunkt ihrer Karriere dazu entschied aufzuhören und sich nach Glendale, Maine, zurückzuziehen, um sich dort nur noch ihrer Familie zu widmen.

Bevor du fragst – nein, ich kann weder singen noch tanzen oder schauspielern, aber Oma hat mir stets versichert, dass Star-Potenzial in mir schlummert, genau wie in ihr und in meiner Mutter.

Ach ja, vermutlich kennst du meine Mutter? Sie moderiert die Nachrichten auf Kanal Sieben, und mein Vater ist zuständig für die Sportreportagen. Da sie, wie man sehen kann, richtige Karrieretypen sind, war es hauptsächlich meine Großmutter, die mich großzog – und das war ganz in meinem Sinne.

Wenn es nach mir ginge, würde ich sogar noch immer bei ihr wohnen, wenn sie mich nicht liebevoll aus dem Nest geschubst und mir zu verstehen gegeben hätte, es wäre an der Zeit, flügge zu werden.

Das war ziemlich genau vor einem Jahr und passierte, kurz nachdem ich mir meinen siebten Hochschulabschluss in Folge am Blueberry Bay-College geholt hatte. Ja, ich habe es immer geliebt zu lernen und brauchte auch stets etwas, womit sich mein Hirn beschäftigen konnte.

Wenigstens hat Gott mir einen Gefallen getan, indem er mich klug machte, auch wenn meine einzigartigen Talente noch etwas schwer auffindbar sind. Einer meiner Abschlüsse war tatsächlich in Rechtswissenschaften und Justizverwaltung, was jetzt vielleicht für jemanden, der Anwälte so sehr hasst wie ich, seltsam klingen mag.

Aber diese Story hebe ich mir für ein anderes Mal auf …

Hier geht es darum, wie es dazu kam, dass ich fast gestorben wäre, und das ist eine richtig gute Geschichte.

* * *

Mein Tag begann mit einem Schnüffeltest an meinen beiden Blazern, um zu entscheiden, welcher für eine Testamentseröffnung in der Kanzlei noch annehmbar genug wäre. Beide rochen leicht nach Schweiß, was bedeutete, dass ich mir, egal welchen ich auch nahm, einen Vortrag von meinen Vorgesetzten würde anhören müssen. Anderseits hatte ich wahrscheinlich auch genau das verdient, weil ich den Gang zur Reinigung immer wieder vor mir herschob.

Nachdem ich meinem Kleiderschrank eine Deo-Dusche verpasst hatte, die bei mir einen heftigen Hustenanfall auslöste, zog ich die pinke Jacke vom Bügel und schlüpfte hinein. Eine schwarze, gepunktete Bluse und eine elastische Leggings rundeten das Outfit perfekt ab. Da ich am Morgen keine Zeit mehr gehabt hatte, mir die Haare zu waschen, zog ich das verstrubbelte Durcheinander einfach zu einem unordentlichen Dutt zusammen und betonte die Pracht mit einer süßen Haarspange, die ich mir Anfang der Woche im Ein-Dollar-Shop mitgenommen hatte.

Und bevor du fragst …

Nein, ich hatte keine Zeit, zur Reinigung zu gehen und ja, für meinen geliebten Ein-Dollar-Shop finde ich immer Zeit.

An diesem speziellen Morgen allerdings schaffte ich weder das eine noch das andere. Genau genommen hatte ich so viel Zeit damit vergeudet, mich mit der Wahl des Blazers herumzuquälen, dass ich jetzt schon viel zu spät dran war. Erschwerend hinzu kam noch, dass ich kein Morgenmensch bin und wenn man dann auch noch zu einem Job hetzen muss, den man nicht mal mag …

Ich ahnte beinahe, wie schlimm der Tag noch enden würde.

Ungeduscht, hungrig und ohne Kaffee rannte ich zur Tür hinaus, in der Hoffnung, wenigstens an diesem Tag auf dem Weg zur Arbeit eine grüne Welle zu erwischen. Leider wurde ich nicht mal zwei Straßen weiter von dem längsten Zug aller

Zeiten ausgebremst. Da die Bahngleise entlang der einzigen Hauptstraße unseres Küstenstädtchens verlaufen und es absolut keine Möglichkeit gibt, die Firma über Schleichwege zu erreichen, blieb mir nichts anderes übrig, als mich geschlagene fünfzehn Minuten hinter wütend hupenden Autos einzureihen.

Als ich endlich in der Firma ankam und als Letzte hineinhetzte, blieben bis zum Beginn der Testamentseröffnung weniger als zehn Minuten Zeit und meine Hoffnung, mich unentdeckt reinschleichen zu können, erfüllte sich ebenfalls nicht.

„Russo!", brüllte Mr. Thompson, noch bevor ich die Tür hinter mir überhaupt schließen konnte. Denkt euch einfach einen alten, weißhaarigen Knacker in Mokassins und mit einem Krawattenschal, und schon habt ihr eine ziemlich gute Vorstellung davon, wie Mr. Thompson aussah und ein noch besseres Bild, wie er sich verhielt. Er war ein fantastischer Anwalt, aber kein besonders sympathischer Chef.

Eine dicke, fleischige Ader pulsierte an seiner Schläfe und aus irgendeinem Grund konnte ich nicht aufhören, sie anzustarren. Mit zittrigem Finger und finsterem Blick deutete er auf mich. „Zu spät und gekleidet, als würden Sie zu einer

Party nach dem Motto der 80er-Jahre gehen, anstatt an einer Testamentseröffnung teilzunehmen. Nein, so funktioniert das heute nicht. Los, fragen Sie Peters, ob sie Ihnen einen Blazer leihen kann.“

Nur mit der Kraft von tausend Bodybuildern schaffte ich es, nicht die Augen zu verdrehen und mich auf die Suche nach der einzigen weiblichen Partnerin der Firma zu machen.

Aufgrund unseres identischen Geschlechts wurden wir oft miteinander eingeteilt, aber Bethany Peters und ich hätten unterschiedlicher nicht sein können. Sie war blond und hübsch und *wirkte* zuckersüß – war aber in Wahrheit der größte Hai von allen. Das muss man wohl auch sein, um sich in einer Männerwelt behaupten zu können.

Aber was wusste ich denn schon?

Ich war lediglich eine bessere Sekretärin, die nicht mal hier sein wollte.

Sobald ich Bethanys Büro betrat, rümpfte sie die Nase und ich hielt mir die meine zu. Bethany war besessen von ätherischen Ölen und verkaufte sie sogar bei diesen kitschigen Online-Partys, zu denen sie uns in schöner Regelmäßigkeit einlud. Obwohl ich zu dieser Zeit erst ein paar Monate in der Firma war, besaß ich schon mehr Lavendel-Badezusätze, als ich jemals im Leben aufbrauchen konnte.

Heute roch es in ihrem Büro nach Wacholder und Zitrone – definitiv keine ihrer besseren Kombinationen. Trotzdem hoffte ich aufrichtig, dass diese Mischung zur Wiederherstellung der Frauenpower, die sie zu brauen versuchte, bei ihr funktionieren würde.

„Lass mich raten“, sagte sie in diesem nasalen, herablassenden Ton, den sie immer dann benutzte, wenn sie mit mir oder einem der anderen Angestellten ohne Jurastudium sprach. „Fulton hat dich geschickt, damit du dir eine Jacke von mir ausleihst.“

Ich setzte mein süßestes Lächeln auf. „Eigentlich war es Thompson.“ Ihr dürft mich gerne als aufsässig bezeichnen, aber ich liebe es einfach, ihr zu widersprechen, wenn sich mir schon mal die Chance dazu bietet, vor allem an einem Tag, der so schlecht anfing wie dieser. Das war beinahe wie ein kleines Geschenk.

„Kannst du dir nicht endlich mal ein paar angemessenere Kleidungsstücke zulegen, damit du dir nicht immer in letzter Minute meine leihen musst?“ Sie seufzte tief auf und latschte dann mit locker schwingenden Armen und großen, übertriebenen Schritten zur anderen Seite ihres Büros hinüber. Dabei sah sie aus wie ein adretter, blonder

Gorilla, aber ich beschloss, diesen speziellen Vergleich für mich zu behalten.

„Thompson … Fulton … beide sind heute knapp davor durchzudrehen“, vertraute sie mir an. „Offenbar war die Verstorbene irgendwie mit Fulton verwandt.“

„Woher weißt du das?” Erstaunt riss ich die Augen auf. Das war also der Grund dafür, warum jeder an diesem Morgen einen Mordswirbel verursachte.

„Zunächst einmal lautet ihr Nachname ebenfalls Fulton.“ Sie tippte sich an die Schläfe, um meine Aufmerksamkeit auf ihre überlegene Gehirnleistung zu lenken.

Als Antwort darauf schlug ich mir gegen die Stirn und bedachte sie mit einer hässlichen Grimasse. Jetzt führten wir uns beide wie Bürogorillas auf, und was für ein schönes Paar wir doch abgaben!

Dann reichte Bethany mir kichernd den langweiligsten, marineblauen Blazer, den Gott je auf diese grüne Erde geschickt hatte. „Bitte versuch, dich zumindest während der Testamentseröffnung zusammenzureißen, okay?“

Ich nickte und schlüpfte hinein. Er kniff unter den Achseln, aber mir war klar, dass ich mich besser nicht beschweren sollte. „Danke“, murmelte ich und flüchtete aus ihrem Büro, bevor sie mich noch einmal daran erinnern konnte, dass der Kleiderkreisel oder die Heilsarmee die geeigneten Orte für mich wären, um etwas innerhalb meines Budgets zu finden.

„Ich an deiner Stelle würde noch die komische Spange rausnehmen!“, schrie sie mir hinterher.

Mist, es war so knapp.

Da Bethany aber dazu neigte, sich wie ein Hund mit seinem Knochen aufzuführen, sobald sie sich an etwas festbiss, entfernte ich widerwillig mein süßes, kleines Accessoire und nahm dabei ein paar herausgerupfte Strähnen in Kauf, die sich darin verfangen hatten. Als Nächstes widmete ich mich dem Dutt. Schnell kämmte ich mir mit den Fingern durchs Haar, um es in eine halbwegs präsentable Frisur zu verwandeln. Hoffentlich reichten meine Bemühungen aus, um alle zufrieden zu stellen.

„Angie, sind Sie das?“, rief Mr. Fulton, der ranghöchste Partner der Kanzlei, aus dem Konferenzraum zu mir herüber. Aus welchem Grund auch immer ... Thompson benutzt stets unsere Nachnamen, während Fulton uns beim Vornamen ansprach. Vielleicht war das ihre Art, guter Anwalt, schlechter Anwalt zu spielen, oder aber es gefiel ihnen einfach nur, uns auf Trab halten.

Ich setzte mein gewinnendstes Lächeln auf, denn schließlich hatte der Typ ja gerade eben erst ein Familienmitglied verloren. „Guten Morgen, Chef. Benötigen Sie etwas?“

Sein Blick verweilte kurz auf meinem Gesicht, bevor er sich räusperte und auf die verstaubte, alte Kaffeemaschine in der Ecke des Raumes deutete. „Wir werden jede Menge Koffein brauchen, um das zu überstehen, und da sie heute Morgen etwas spät dran waren, befürchte ich, uns bleibt keine Zeit mehr, um etwas aus der Espressobar zu besorgen. Sie werden wohl oder übel auf das alte Gerät zurückgreifen müssen. Und bitte, so stark wie nur irgend möglich.“

„Mach ich!“ Wir hatten die hauseigene Kaffeemaschine noch nie wirklich benutzt und eigentlich nur noch für Koffein-Notfälle der Alarmstufe Rot behalten. Die Tatsache, dass wir sie gerade jetzt brauchten, war definitiv kein gutes Zeichen.

Ich persönlich hatte sie eigentlich noch nie verwendet. Das einzige Mal, als sich mir fast die Gelegenheit dazu geboten hätte, platzte ein Praktikant mit einem Tablett von Starbucks ins Büro und ersparte mir die Aktion. Allerdings sollte es nicht allzu schwer sein, dieses antike Teil zu bedienen; immerhin nenne ich ja sieben Hochschulabschlüsse mein Eigen.

Während ich noch mit dem Filter hantierte, der sich aus irgendeinem Grund weigerte, sich in die entsprechenden Schiene einhaken zu lassen, kamen bereits Mr. Thompson, Bethany und ein paar weitere Mitarbeiter herein. Normalerweise waren bei einer Testamentsverlesung immer ein oder zwei Anwälte anwesend, aber für diese schienen sie alle Register zu ziehen.

Was war der Grund dafür? Weil die Verstorbene mit einem unserer Partner verwandt war, oder steckte da noch mehr dahinter? Meine Neugier war geweckt.

Als ich so in meiner Ecke vor mich hin werkelte, bekam ich ein paar Fetzen der Diskussion mit, die sich am Tisch des Konferenzraums abspielte. Im Allgemeinen waren die täglichen Gespräche in der Firma ziemlich trocken, heute jedoch versprach es, interessant zu werden.

„Zugegeben, es ist eine etwas ungewöhnliche Situation“, ergriff Thompson das Wort, und Fulton entgegnete kurz darauf:

„Angesichts der Auflagen erwarte ich, dass

einer der Zuwendungsempfänger Einspruch erheben wird."

Ein weiterer Partner, Brad, stellte einen Kassettenrekorder auf – noch so ein uraltes Relikt, das in unserem Büro sein tristes Dasein fristete – und Bethany wühlte in einem Berg von Unterlagen.

Als der Filter endlich in seiner gewünschten Position einrastete, entfuhr mir ein triumphierender Laut, was mir einen scharfen Blick meiner Kollegen einbrachte. „Ich bin gleich zurück", versprach ich und eilte mit der leeren Kaffeekanne an der stetig wachsenden Teilnehmermenge vorbei.

Eine schöne, blonde Frau in einem Cardigan-Kostüm und der dazu passenden rosa Perlenkette hielt mich auf, noch bevor ich den Wasserhahn erreicht hatte.

„Angie, was bin ich froh, dass du ebenfalls hier bist!" Diane Fulton – Mr. Fultons Frau – schüttelte den Kopf und zog die sorgfältig gezupften Brauen hoch. „Hast du die gestrige Episode gesehen?"

Auch wenn Diane sich wie ein blaublütiger Snob kleidete, war sie doch die coolste Person inmitten aller Anwesenden. Sie und ich hatten das gleiche Faible für gewisse Realityshows, die wir stets dann ausführlich diskutierten, wenn sie im

Büro vorbeikam, um ihrem Mann zur Mittagszeit einen Besuch abzustatten.

Mit weit aufgerissenen Augen wartete sie auf meine Antwort. Es war gut möglich, dass ich zu spät zur Arbeit erschien, aber eine unserer Shows hatte ich noch nie verpasst.

„Ich konnte es kaum glauben, dass sie Trace abgeschoben haben“, antwortete ich mit einem tragischen Seufzer, während ich den Hahn aufdrehte und Wasser in die Kanne laufen ließ. „Hoffentlich bekommt er trotz allem noch seinen Plattenvertrag.“

„Lass uns später darüber reden“, sagte sie und zog erneut die Augenbrauen hoch. „Ich muss jetzt leider …“ Sie deutete mit dem Kinn in Richtung Konferenzraum.

Sie tat mir so leid. „Ich habe es schon gehört. Mein aufrichtiges Beileid. Du, äh, standest ihr sehr nahe?“

Sie starrte mich kurz an, als hätte sie die Frage nicht gehört. Ihre baumelnden Ohrringe waren so lang, dass sie gegen ihre Wangen schlugen, als sie den Kopf schüttelte. „Ethel war Richards Großtante. Sie war sehr alt und schon lange Zeit krank. Ich glaube, wir haben alle damit gerechnet, dass sie eher früher als später gehen muss.“

„Trotzdem ist es Scheiße“, entgegnete ich.

Diane lächelte mich höflich an und zog sich dann zurück.

Ganz ehrlich? Das Beste, was mir dazu einfiel, war, *Das ist Scheiße?* Nur gut, dass ich nicht auch noch einen Abschluss in Psychologie vorzuweisen hatte. Aber vielleicht wäre es gar keine so schlechte Idee, nochmals die Schulbank zu drücken, denn schließlich habe ich mich dort immer am wohlsten gefühlt. Einzig aus diesem Grund habe ich so viele Qualifikationen vorzuweisen.

Mit einer vollen Kanne Wasser und der entsprechenden Menge an Kaffeepulver bewaffnet, machte ich mich wieder auf den Weg. Letzteres war bereits im vergangenen Jahr abgelaufen, roch aber Gott sei Dank noch recht frisch. Während meiner sehr kurzen Abwesenheit hatte sich der Konferenzsaal mit noch mehr Leuten gefüllt. Die Fultons schienen eine große Familie zu sein. Entweder das oder Großtante Ethel war eine wohlhabende – und vermutlich großzügige – Frau gewesen.

Mr. Fulton blickte mich mit einer fragend hochgezogenen Augenbraue an.

„Fast fertig“, versicherte ich ihm und eilte an all den Anwesenden vorbei in meine ruhige, kleine Kaffeeecke.

So schnell ich konnte, füllte ich den Tank mit dem frischen Wasser, schaufelte etwas von dem Pulver in den Filter und drückte den großen roten Knopf, um den Brühvorgang zu starten.

Nichts tat sich.

Also drückte ich noch erneut ... und noch einmal ... und noch weitere dreizehn Male, jedoch ohne Erfolg.

„Es wäre sicher hilfreich, wenn du den Stecker anschließen würdest“, brüllte Bethany quer durch den Raum, dermaßen laut, dass alle es hören konnten und sich über meine offensichtliche Inkompetenz amüsierten.

O Mann, wie peinlich.

Ich tastete mich um die Maschine herum, bis ich das Kabel fand. Noch immer lachten alle Anwesenden, als ich den Stecker in die nächstgelegene Dose schob.

Zuerst spürte ich nur ein paar sanfte Nadelstiche in den Fingerkuppen, dann jedoch ein schmerzhaftes Brennen im ganzen Körper. Etwa zwei Millisekunden lang war ich mir meiner Umgebung überbewusst – jedes Geruchs, jedes Geräusches, jedes Gefühls, sogar dessen, wie die Luft in dem Raum schmeckte. Dann verwandelten sich die einzelnen Lacher in ein kollektives Keuchen, das das Zimmer erfüllte.

Es folgte ein scharfes Zischen, dann war alles wie weggeblasen und ich sackte bewusstlos zu Boden.

2

Als ich wieder zu mir kam, lag ich auf dem Boden des Konferenzraums. Komisch, ich konnte mich gar nicht daran erinnern, ohnmächtig geworden zu sein, und doch war dem offensichtlich so.

Mein Herz pochte mit einer Million Schlägen pro Stunde, aber der restliche Teil meines Körpers fühlte sich benommen und kribbelig an. Ich versuchte, meine Arme zu bewegen, aber sie schienen sich damit begnügen zu wollen, ausgestreckt links und rechts von mir zu verharren. Nach und nach begannen meine Sinne, wieder zu funktionieren.

Dann ein Knall!

Mrs. Fultons Schrei war das erste, was ich hörte;

so allmählich jedoch drang auch das Murmeln der übrigen Anwesenden wieder zu mir durch. Einige Stimmen erkannte ich, andere hingegen waren mir völlig fremd.

Bethany sagte: „Es wird wirklich Zeit, dass wir dieses alte Ding rausschmeißen."

Mr. Fulton ignorierte sie und kam auf mich zugeeilt. „Angie ... Angie ..." Seine panische Stimme kam immer näher, bis er sich direkt neben mir zu befinden schien. „Geht es Ihnen gut?"

Unterdessen murmelte Mr. Thompson etwas über Haftpflicht und Berufsunfallversicherung – eben genau die Dinge, die jeder, der ihn kannte, in einer solchen Situation von ihm erwartet hätte.

Während ich noch versuchte, mich an das zu erinnern, was geschehen war, spürte ich plötzlich ein unerwartetes Gewicht auf meiner Brust, das mir das Atmen erschwerte. Ein aufdringlicher Geruch von Thunfisch stieg mir in die Nase und brachte mich zum Husten.

Eine Stimme, die ich noch nie zuvor gehört hatte, schwebte über mir. „Na, was sagt man denn dazu? Diese Person scheint mehr als nur ein Leben zu haben. Lasst sie in Ruhe, Leute, sie muss sich erst mal erholen."

„Oh, sie atmet!", rief Diane erleichtert aus.

„Natürlich tut sie das, Liebling“, antwortete ihr Mann und die Panik in seiner Stimme wich einer gewissen Erleichterung. „Sie hustet sogar.“

„Und ich dachte doch tatsächlich, die Autofahrt würde sich nicht lohnen“, meldete sich derselbe Unbekannte erneut zu Wort und kicherte unfreundlich. „Diese Aktion war ungelogen das Highlight meiner kompletten Woche.“

Endlich schaffte ich es, meine Lider zu öffnen und blickte direkt in ein Paar glänzender, bernsteinfarbener Augen, die mich aus nur wenigen Zentimetern Entfernung anstarrten. Moment mal ... Warum war da eine Katze im Konferenzraum, und wieso saß die ausgerechnet auf mir? Ich kämpfte darum, mich aufzurichten, aber meine Glieder waren nach wie vor zu schwer, um sie allein heben zu können.

„Ach, Süße.“ Schon wieder diese anzügliche Stimme „Wenn du jetzt schon erwartest, wieder laufen zu können, wärst du besser auf deinen Füßen gelandet.“

Ich stöhnte laut auf. Zwar spürte ich die geschäftige Aktivität um mich herum, aber das Einzige, was ich sah, war dieses verdammte Katzenvieh, das mich mehr oder weniger bedrängte.

„Was ist passiert?“, fragte ich und begann erneut zu husten.

„Ich glaube, die Kaffeemaschine hat dir einen Stromschlag verpasst, als du sie einstecken wolltest“, erklärte Diane. Ihre zittrige Stimme verriet, dass sie geweint hatte und ich fühlte mich richtig schlecht, sie durch meine Ungeschicklichkeit dazu gebracht zu haben.

„O Gott. Diese hier ist sogar noch blöder als die, auf der ich sitze. Ich freue mich jetzt schon darauf, bei ihr leben zu dürfen, während der Rest der Familie sich überlegt, wie sie mich loswerden können. Schade eigentlich. Sie erkennen Erhabenheit nicht mal dann, wenn sie ihnen direkt ins Gesicht starrt.“

Ich stöhnte erneut auf und versuchte, den Kopf zu heben, um mir einen besseren Überblick über den Raum zu verschaffen. „Wer spricht da?“, verlangte ich zu wissen.

„Ich bin es, Angie“, entgegnete Mrs. Fulton und drückte mir beruhigend die Hand. „Du hast gefragt, was passiert ist, und ich habe dir von der Kaffeemaschine erzählt.“

„Nein, ich meine den Kerl, der uns gerade beide als dumm bezeichnet hat.“ Könnte ich mich doch nur hinsetzen, um an dieser nervigen Katze vorbeizuschauen denn sie versperrte mir komplett die Sicht. Natürlich hatte ich jede Menge Fragen, wie so ein kleines, altes Gerät es schaffen konnte, mir dermaßen eine vor den Latz zu knallen, dass ich sogar bewusstlos wurde. Dennoch lastet das Bedürfnis, den unbekannten Sprecher zu identifizieren, noch viel schwerer auf mir.

Erneut vernahm ich ganz in meiner Nähe ein grausames Kichern. „Ich habe dich dumm genannt, weil du es eben bist. Ehrlich währt am längsten, die Wahrheit wird dich frei machen, blablabla – und all der andere Unsinn, den ihr Menschen so gerne von euch gebt."

Wenn ich es nicht besser wüsste, hätte ich schwören können, dass diese seltsame, melodische Stimme zu der Katze gehörte. O Mann, ich musste mir bei dem Sturz ganz schön heftig den Kopf gestoßen haben.

Das Tier lehnte sich so weit zu mir herab, dass seine Schnurrhaare mein Gesicht kitzelten. Seine beunruhigend großen Augen bewegten sich hektisch von einer Seite zur anderen, als würde es sich an eine Art Beute heranpirschen. Ich konnte nur hoffen, dass nicht ich sein Ziel war, denn ich war ja gerade erst der Kaffeemaschine entkommen. Sollte es heute noch irgendetwas oder irgendwer auf mich abgesehen haben, hätte derjenige leichtes Spiel.

„Hast du ... hast du wirklich verstanden, was ich gesagt habe?“, fragte die Stimme erneut, und wieder klang es so, als ob es die Katze wäre, die zu mir spräche. Hatte sie etwa einen winzigen Menschen verschluckt oder so was in der Art? Nichts von all dem machte Sinn.

„Allerdings, ich kann dich hören und finde, du bist ziemlich gemein“, antwortete ich grollend und versuchte dabei, Haltung zu bewahren, was angesichts meiner misslichen, liegenden Position gar nicht so einfach war.

„Angie, mit wem redest du da?“, fragte Diane und klang unsicher und genauso beunruhigt, wie ich mich fühlte.

„Ich bin mir nicht sicher, wer es ist, aber er beschimpft mich in einer Tour.“ Schnell schloss ich die Augen und öffnete sie dann langsam wieder.

Die Katze schien zu lächeln, allerdings nicht gerade freundlich, und ich fragte mich noch einmal, ob sie mich für leichte Beute hielt. Verdammt, genau das war ja auch meine Einschätzung.

„Niemand beschimpft Sie“, beharrte Mr. Fulton.

„Wir wollen alle nur sicherstellen, dass es Ihnen gut geht.“

Die Katze lächelte erneut, dieses Mal noch breiter. „So, so, ich habe dich also beleidigt, du großer Tölpel!“

„Dieses Vieh hat mich gerade als großen Tölpel bezeichnet! Können Sie es tatsächlich nicht hören?“ Ich blinzelte ein halbes Dutzend Mal und kniff mich selbst, was aber auch nichts brachte.

„Russo, Sie sollten den restlichen Tag frei nehmen und sich in der Notaufnahme durchchecken lassen“, befahl Mr. Thompson von irgendwo in der Nähe der Tür, nachdem er sich lautstark geräuspert hatte.

„Wow, du kannst mich wahrhaftig verstehen.“ Und schon wieder dieses Stimme. „Hallo, übrigens, ich bin Octavius Maxwell Ricardo Edmund Frederick Fulton, und ich hätte einige Forderungen.“

So allmählich fiel es mir schwer, all den unterschiedlichen Gesprächen zu folgen. Ich wusste, dass die Partner sich sowohl über mich wie auch über sich selbst Sorgen machten, aber nach wie vor konnte ich den geheimnisvollen Sprecher weder identifizieren noch herausfinden, was er eigentlich von mir wollte. „Octavius Maxwell … wer?“

„Liebes, sprichst du von der Katze?“, fragte Mrs.

Fulton und scheuchte den getigerten Kater von meiner Brust. Meine gequetschten Lungen dankten es ihr und sofort fühlte ich mich stärker.

In ihrer niedlichsten Babystimme nahm sie ihn hoch und gurrte: „Versuchst du, unserer Angie zu helfen, damit es ihr wieder gut geht? Du bist so ein süßes, kleines Fellknäuel."

Der Kater drehte sich zu mir um und seine Augen wurden zu schmalen Schlitzen. *„Hiiiiilf miiiiiir."*

Beflügelt von dem Bedürfnis herauszufinden, was zum Teufel hier vor sich ging, schaffte ich es endlich, mich aufzusetzen und im Raum umzusehen.

„Oh, sehr gut. Jetzt, da Sie sich wieder bewegen können, wird Peters Sie ins Krankenhaus bringen", ordnete Thompson an.

Bethany seufzte, erwiderte aber nichts darauf.

„Warte!" Der getigerte Kater trabte zu mir herüber, kaum dass Diane ihn wieder auf dem Boden abgesetzt hatte. „Was ist mit meinen Forderungen?"

Entgeistert starrte ich ihn an. Es war einfach unmöglich ...

Er zuckte mit dem Schwanz und stieß ein leises, kehliges Knurren aus. „Ich weiß jetzt, dass du mich verstehen kannst. Wie wäre es also, wenn du dich ausnahmsweise mal höflich verhalten und ebenfalls etwas zu dem Gespräch beitragen würdest?“

„Was willst du von mir?“ Obwohl ich mich bemühte zu flüstern, bekam jeder im Büro mit, wie diese verrückte Tusse mit einer Katze sprach, die sie gerade erst kennengelernt hatte.

„Meine Besitzerin wurde ermordet und ich brauche dich. Du musst mir helfen, es zu beweisen. Außerdem – und das ist nicht minder wichtig – bin ich seit Stunden, wenn nicht sogar Jahren, nicht mehr gefüttert worden.“ Er legte die Ohren an und riss die Augen weit auf, was so niedlich aussah, dass ich ihn trotz seines unmöglichen Benehmens zu mögen begann.

Dann jedoch traf mich der erste Teil seines Satzes wie der Blitz und ich keuchte auf. *„Ermordet?“*

Bethany zappelte nervös herum und packte mich am Arm. „Okay, bringen wir dich ins Krankenhaus. Halluzinationen sind gar kein gutes Zeichen.“

„Aber …“, wandte ich ein, klappte jedoch den Mund schnell wieder zu, als ich erkannte, dass es keinen einzigen vernünftigen oder gültigen Grund gab, mich zu widersetzen.

„*Ermordet!*", brüllte der Kater mir noch dramatisch hinterher. „Sie wurde getötet, noch bevor ihre Zeit abgelaufen war. Und da jetzt klar ist, dass du mich hören kannst, wirst du mir bei der Aufklärung des Falls helfen, damit ihr die Gerechtigkeit widerfährt, die sie verdient hat. Es ist das Mindeste, was ich tun kann, um ihr für all die Jahre zu danken, die sie damit verbracht hat, mich zu füttern und meine Kissen so anzuordnen, wie ich es mochte. Und hast du auch verstanden, was ich über eine vernünftige Mahlzeit gesagt habe?"

Bethany und ich waren schon fast im Flur, was bedeutete, dass dies meine letzte Chance war, mit dem Tier sprechen zu können. Aller Voraussicht nach würden wir uns nie wiedersehen. Natürlich wusste ich, dass es völlig verrückt war anzunehmen, dass auch nur der kleinste Teil von dem, was hier geschah, real war. Trotzdem konnte ich die Tatsache nicht ignorieren, dass der sprechende Kater meine Unterstützung benötigte.

„Ich möchte gerne helfen!", brüllte ich zurück ins Zimmer, kurz bevor die Tür sich hinter uns schloss.

„Nein, du *brauchst* Hilfe", knurrte Bethany und klang dabei fast noch animalischer als vorhin das Katzenvieh. „Tausend Dank, übrigens. Es war das erste Mal, dass ich in so etwas Wichtiges für die Firma mit einbezogen wurde, und Dank deiner kleinen Szene werde ich das jetzt versäumen."

Das tat fast genauso weh wie der Stromschlag der Kaffeemaschine. „Du glaubst doch nicht ernsthaft, dass ich mir absichtlich einen elektrischen Schlag habe verpassen lassen, nur um dich zu sabotieren, oder?"

Sie seufzte und rieb sich den Nasenrücken. „Nein, tut mir leid. Ich weiß ja, dass es nicht deine Schuld war. Es ist nur so, dass ich doppelt so hart arbeiten muss, um voranzukommen, da ich die einzige weibliche Mitarbeiterin bin, und alle versuchen stets, mich irgendwie klein zu halten, anstatt mich als vollwertige Partnerin zu akzeptieren."

„Naja, zumindest bist du nicht nur irgendeine bessere Sekretärin." Ich konnte es kaum fassen, dass Bethany sich über *ihre* Probleme beklagte, wo ich doch gerade ein paar Minuten zuvor eine Nahtoderfahrung durchmachen musste ...

Doch, konnte ich eigentlich schon; so war sie eben.

Am Parkplatz angekommen, half sie mir auf den Beifahrersitz ihres Autos, eines neueren Lexus-Modells, was mir verdeutlichte, dass es ihr wahrscheinlich nicht ganz so schlecht ging, wie sie jeden glauben machen wollte. Trotzdem fühlte ich mich schuldig, weil ich sie um ihre große Chance gebracht hatte; also sagte ich: „Wenn du mich fragst, ich finde, du bist die Klügste von allen."

Sie lachte, während sie ihren Sicherheitsgurt anlegte und den Rückspiegel justierte. „Klüger noch als Thompson und Fulton?"

Ich nickte, und bei dieser Bewegung wurde mir schwindlig. „Ganz besonders als Thompson und Fulton."

Wir tauschten einen verschwörerischen Blick; dann stieß sie rückwärts aus der Parklücke heraus und steuerte auf die Hauptstraße zu. Hoffentlich kamen heute keine weiteren Züge mehr hier durch, denn trotz unseres soeben geknüpften zarten Bandes der Schwesternschaft war ich mir nicht sicher, wie lange wir es auf so engem Raum miteinander aushalten würden.

„Danke, dass du mich fährst, wo ich doch weiß, dass du es eigentlich nicht wolltest. Du musst auch nicht auf mich warten. Lass mich einfach vor der Klinik raus; wenn ich fertig bin, rufe ich meine Großmutter an, damit sie mich abholt."

„So hatte ich das eigentlich auch geplant. Wenn ich mich beeile, schaffe ich zumindest noch einen Teil der Testamentseröffnung." Sie tippte sich an die

Schläfe, um mir erneut ihre überlegene Denkleistung zu demonstrieren.

Und damit waren wir wieder zurück in der Normalität.

Allerdings, was mich betraf, war ich mir da noch nicht so ganz sicher …

3

Ich schwang meine Beine über den Rand eines mobilen Krankenhausbettes, während der Arzt der Notaufnahme mir direkt ins Gesicht lachte.

„Eine alte Kaffeemaschine hat Ihnen einen Stromschlag verpasst? Soll das ein Witz sein?" Welche Art von Empfang in der Klinik ich auch immer erwartet hätte – so etwas jedenfalls nicht.

Ich verschränkte die Arme vor der Brust und drehte mich weg, um nicht ständig seinen unangemessen amüsierten Gesichtsausdruck sehen zu müssen. „Ich verstehe nicht, was daran so lustig ist."

Endlich wurde er ernst und seine Finger spielten fahrig mit einem Stift. Stirnrunzelnd studierte er mich und hakte nochmals nach: „Und das hat dazu geführt, dass Sie das Bewusstsein verloren haben?“

„Ja.“ Das hatten wir doch alles schon.

„Haben Sie sich beim Fallen den Kopf gestoßen?“

„Ich glaube nicht.” Es gab immer noch vieles in Bezug auf meinem Unfall, was ich nicht so recht begreifen konnte, aber zumindest fühlte ich mich körperlich gut.

Der Arzt steckte den Stift zurück in seine Tasche und schaute mir intensiv in die Augen, bevor er erklärte: „Meiner Meinung nach sind Sie in Ordnung. Ich gebe Ihnen trotzdem eine Dosis Tylenol in der normalen Stärke mit, falls aufgrund des Aufpralls auf den Boden im Nachhinein doch noch Schmerzen auftreten sollten.“

Er zögerte einen Moment, schüttelte dann den Kopf und lächelte mich schief an. „Trotzdem ist es seltsam – aufgrund der elektrischen Spannung hätte das Gerät Ihnen nur einen leichten Schlag versetzen dürfen. Es überrascht mich, dass Sie so eine starke Reaktion gezeigt haben.“

Womit wir wieder beim Anfang wären ... Ich musste hier raus, bevor er noch sein gesamtes Personal zusammentrommelte, um ihnen den

Freak zu zeigen, den er in der Notaufnahme ausgestellt hatte.

„Tja, dann vielen Dank auch“, murmelte ich.

Er kniff die Augen zusammen. „O ja, *danke* ist das richtige Wort. Seien Sie froh, dass Sie weder Verbrennungen erlitten noch eine Gehirnerschütterung davongetragen haben. Aber immerhin haben Sie es damit geschafft, einen Tag frei zu bekommen, oder?“ Der Typ besaß doch tatsächlich die Dreistigkeit, mir zuzuzwinkern, bevor er sich schmunzelnd zum Gehen wandte.

„Glauben Sie etwa, ich habe das mit Absicht gemacht?”, brülle ich ihm noch hinterher und bemühe mich, meine Frustration in den Griff zu bekommen. *Was für ein Trottel!*

Als ich mir sicher sein konnte, dass er nicht nochmals zurückkam, schickte ich Großmutter eine kurze Nachricht und sammelte dann meine Sachen ein, um draußen auf sie zu warten. Während der ganzen Zeit, in der ich dort saß, sah ich keine einzige Person die Klinik durch die Glastüren betreten oder verlassen. Auch wenn Blueberry Bay nicht zu den am dichtesten besiedelten Gegenden zählte, hätte ich hier doch etwas mehr Publikumsverkehr erwartet. Auf der anderen Seite war es auch ganz gut, dass dieser Clown von einem

Arzt keine wirklich kranken Menschen zu versorgen hatte.

Unruhig lief ich an der Bordsteinkante entlang und versuchte verzweifelt, mich an jedes Detail dieses Morgens zu erinnern. So unfreundlich der Doktor auch gewesen sein mochte, in einem Punkt hatte er nicht ganz unrecht: Ich wäre beinahe durch die Hände einer alten Kaffeemaschine gestorben und als ich wieder aufwachte, konnte ich mit Tieren reden.

Als Kind hatte ich den Film mit Eddie Murphy in der Rolle des unglücklichen Dr. Dolittle geliebt, wie er seinen tierischen Patienten, dank seiner einzigartigen Fähigkeit, mit ihnen sprechen zu können, wie kein anderer helfen konnte. Damals stellte ich mir immer vor, wie cool es wäre, wenn man Tiere verstehen und sich mit ihnen unterhalten könnte.

Und jetzt, wo ich mit der Realität konfrontiert wurde?

Erschreckte es mich zu Tode.

Ein starker Windstoß wirbelte Blätter auf und lenkte meine Aufmerksamkeit auf den Parkplatz, wo zwei Möwen mit Schnäbeln und Krallen um eine Fast-Food-Hamburgerverpackung kämpften, in deren Mitte ein Stück Käse zu kleben schien.

Eine von ihnen streckte die Flügel zur Seite aus und kreischte wie verrückt, während die andere schimpfend auf die Füße ihres Gegners einhackte. Ihr Kampf nahm neue, ungeahnte Ausmaße an, als sie schreiend um das Papier herumtanzten und sich gegenseitig anpickten, und bei mir kündigten sich die Anfänge einer üblen Migräne an.

„Oh, wollt ihr nicht endlich mal still sein!“, brüllte ich sie an.

Selbst wenn die Vögel mich verstehen konnten, waren sie offensichtlich zu beschäftigt mit ihrem spontanen Gefecht, als dass sie mir Aufmerksamkeit schenken wollten.

Moment mal – konnten sie mich denn verstehen? Wären sie in der Lage, sich mit mir zu unterhalten, so wie vorhin die Katze im Büro?

Auf Zehenspitzen schlich ich mich an sie heran, dankbar dafür, dass ich gerade die einzige Person auf dem verlassenen Parkplatz zu sein schien, denn natürlich war mir klar, wie verrückt das in diesem Moment rüberkommen musste. Aber egal, diese kleine Verrücktheit war noch der geringste Preis, den ich zu zahlen gewillt war, um herauszufinden, was mit mir nicht stimmte.

Also räusperte ich mich und sprach die beiden Vögel an. „Entschuldigt bitte mal.“

Eine der Möwen krächzte und schnappte nach der anderen, aber keine von ihnen beachtete mich.

„Entschuldigung“, rief ich etwas lauter und trat noch ein paar Schritte näher.

Während eine der beiden sich umdrehte und mich musterte, nutzte die andere die Gelegenheit, sich das Papier zu schnappen und damit das Weite zu suchen. Ihre Gegnerin verfolgte sie und gleich darauf waren die beiden erneut in ein Tauziehen verwickelt, wobei die umkämpfte Verpackung knisterte und knitterte.

Ich rannte hinter ihnen her und brüllte aus Leibeskräften *„Entschuldigung!“*

Schließlich hatte ich beider Aufmerksamkeit, obwohl sie den begehrten Preis nicht losließen.

Als ich mir endlich sicher sein konnte, dass sie mir zuhörten, unterbreitete ich ihnen ein Angebot, von dem ich wusste, dass sie es nicht ablehnen konnten. Ich grinste sie breit an und sagte: „Ich habe tonnenweise leckeres Essen – Burger, Pommes, Eiswaffeln … All das gehört euch, wenn ihr mir nur eine einzige Frage beantwortet: *Könnt ihr mich verstehen?*“

Eine der Möwen neigte den Kopf, als ob sie darüber nachdenken müsste. Die andere nutzte die kleine Ablenkung, riss das Papier an sich und flog endgültig davon.

„Das tut mir jetzt wirklich leid“, entschuldigte ich mich bei dem Verlierer, „aber ich kann dir mehr und besseres Essen besorgen, das nicht aus dem Müll kommt. Was meinst du?”

Bevor er mir antworten konnte, rollte ein rubinrotes Sportcoupé heran, hielt direkt neben mir an und verschreckte auch ihn ein für alle Mal.

Großmutter rollte das Fenster ihres neuen Lieblingsspielzeugs herunter und stieß einen Pfiff aus. „Spring rein, Liebling!“

„Vielen Dank, dass du mich abholst.” Ich rutschte auf den glatten Ledersitz und zog mir den Sicherheitsgurt über meine Brust.

Sie ließ das Auto im Leerlauf und musterte mich wortlos durch ihre Katzenaugen-Sonnenbrille. Ein bunt gemusterter Seidenschal bedecke ihr blaugraues Haar, und dazu trug sie Handschuhe in exakt dem gleichen Rotton wie die Karosserie. Ohne Zweifel, sie hatte Stil. Selbst nachdem sie dem Rampenlicht des Broadway den Rücken zugekehrt hatte, zog sie, wann immer sich ihr die Gelegenheit bot, ihre Show ab.

Ich zuckte mit den Achseln. „Was? Es geht mir gut.“

Auf ihrer Stirn bildeten sich noch weitere Falten. „Deine Textnachricht war recht vage. Was ist passiert?“

„Nur ein leichter Stromschlag. Es geht schon wieder.“

Bei diesen Worten zog sie eine Augenbraue hoch. „Warum dann das Krankenhaus?“

Ich zuckte erneut mit den Achseln. „Du weißt doch, wie die Leute in der Kanzlei sind. Sie wollen in puncto Haftung kein Risiko eingehen.“

Sie schüttelte nur den Kopf und trat dann so hart auf das Gaspedal, dass es uns beide in die Sitze zurückdrückte. „Also, wohin?“

Ich musste diese Katze wiedersehen, da sie als einzige die Antworten zu haben schien, nach denen es mich verlangte. Wenn ich Glück hatte, würde sich all das als ein böser Traum herausstellen. So oder so brauchte ich Gewissheit – Großmutter allerdings sollte nichts davon erfahren, zumindest solange nicht, bis ich eine plausible Erklärung dafür gefunden hatte, was mir passiert war.

„Zurück ins Büro bitte“, antwortete ich und fingerte nervös an meinem Sicherheitsgurt herum.

Sie stieß einen genervten kleinen Seufzer aus. „Ach, komm schon, kannst du nicht mal den Tag freinehmen? Du bist bereits entschuldigt, also schwänze doch einfach. Wir könnten an den Strand fahren oder ins Kino in die Nachmittagsvorstellung gehen. Was hältst du davon, Liebes?"

Ah, schwänzen. Das war schon immer eine ihrer Lieblingsaktionen gewesen. Einige meiner besten Kindheitserinnerungen haben damit zu tun, dass sie mich einfach aus der zweiten Unterrichtsstunde herausholte, um gemeinsam ein verrücktes, schlecht durchdachtes Abenteuer zu erleben. Je älter ich allerdings wurde, desto seltener wurden solche Tage. Genau genommen gab es keinen einzigen mehr, seit ich in meine eigene Wohnung gezogen bin.

Bitte denkt nicht falsch von mir. Ich vermisste meine Oma schrecklich und enttäuschte sie auch jetzt nur ungern, aber ... mir blieb keine andere Wahl. „Das klingt großartig, aber ich muss mein Auto abholen, sonst habe ich morgen ein richtiges Problem. Vielleicht könnten wir gemeinsam Abend essen?" Ich schenkte ihr das breiteste Lächeln, das ich zustande brachte.

Sie jedoch stöhnte nur auf und bog scharf nach rechts ab. „Dieser neue Job hat dich verändert."

Wenn sie wüsste ...

* * *

Trotz ihrer Einwände brachte Großmutter mich brav zurück zur Firma. Seit meinem Weggang war kaum mehr als eine Stunde vergangen und die meisten Leute waren noch anwesend und diskutierten die überraschenden Wendungen im Falle Ethel Fultons Testaments. Konnte einer von ihnen tatsächlich der Mörder sein?

Die Antwort darauf kannte nur mein neuer Katzenfreund und von daher war es auch so wichtig, dass ich ihn ohne weitere Verzögerungen oder Unterbrechungen fand.

Ich entdeckte Bethany im Gespräch mit anderen Mitarbeitern und ging schnurstracks auf sie zu, um sie zu bitten, mich über das zu informieren, was ich verpasst hatte.

„Ist das zu glauben, dass sie dieser Katze so viel hinterlassen hat? Was soll die denn mit all dem Geld anstellen?“, murmelte jemand, den ich nicht kannte, und nahm einen großen Schluck aus seinem To-Go-Kaffeebecher.

Die Frau neben ihm nickte bestätigend. „Es war wie ein Schlag ins Gesicht.“

Wer waren diese beiden? Womöglich die Mörder? Ich bemühte mich, sie nicht zu sehr anzustarren, während ich mir ihr Äußeres einzuprägen versuchte.

Wie aus dem Nichts stand plötzlich Diane vor mir und zog mich in eine riesige, schwammige Umarmung. „Gott sei Dank, dass es dir gut geht. Wir haben uns alle solche Sorgen gemacht!“

„Um mich auszuschalten, braucht es schon mehr als eine wütende Kaffeemaschine. Ich bin aus hartem Holz geschnitzt.“ Demonstrativ klopfte ich mir auf die Brust, um ihr meine Robustheit zu demonstrieren.

Sosehr ich meine Gespräche mit Diane auch genoss, war ich doch nur aus einem einzigen Grund zurückgekommen – um diesen Kater zu finden. Ich musste mir etwas einfallen lassen, wie ich mich nach ihm erkundigen konnte, ohne dass jemand Verdacht schöpfte.

„Ähm, ist bei der Testamentseröffnung alles glattgegangen?“, fragte ich betont harmlos und hoffte, sie würde den Köder schlucken.

Mrs. Fulton senkte ihre Stimme zu einem Flüstern herab und drückte sich nahe an mich heran. „Ja, aber einige der Verwandten sind über ihren Anteil ziemlich verärgert. Du weißt doch, wie so was immer abläuft.”

„Zumindest hat sie nicht ihr gesamtes

Vermögen der Katze überschrieben.“ Ich versuchte, es beiläufig klingen zu lassen, obwohl ich ja bereits mitbekommen hatte, dass die teure Verstorbene genau das getan hatte.

„Nun, nicht alles, aber schon eine ganze Menge. Das ist auch der Grund, warum das Tier dabei war, weißt du. Sie verlangte, dass alle Begünstigten anwesend zu sein hätten, und da der Kater einer der Haupterben war, tja ...“

Ich war geschockt – dieses Mal nicht aufgrund eines Stromschlags, sondern es war echte, ehrliche Überraschung über die unerwartete Nachricht. „Soll das ein Witz sein?“

Diane schüttelte den Kopf und schnitt eine Grimasse. „Keiner kann behaupten, dass Tantchen Fulton ihren Kater nicht geliebt hat.“

„Was passiert mit ihm, jetzt, wo sie nicht mehr da ist?“

Leider hatte gerade in diesem Moment Mr. Fulton mich bemerkt und durchquerte das Büro, um sich uns anzuschließen. „Schon wieder zurück, Angie? Wollten Sie nicht wenigstens den Rest des Tages freinehmen?“

Mist. Ich war so nah dran, die gewünschten Antworten aus seiner Frau herauszukitzeln. Jetzt musste ich einen Weg finden, um die Diskussion erneut auf die Katze zu lenken, ohne dass es auffiel. Mr. Fulton war ein intelligentes Kerlchen, der regelmäßig sämtliche Top-Anwälte der Region vor Gericht schlug. Und so jemanden sollte ich überlisten können?

Einen Versuch war es zumindest wert.

Ich schluckte hart und setzte das gleiche berühmt-berüchtigte Lächeln auf, das mir damals schon zu diesem Job verholfen hatte. „Es geht mir gut. Ich werde wahrscheinlich früher gehen, wollte aber nochmals kurz vorbeischauen, um mein Auto zu holen und Sie wissen zu lassen, dass alles in bester Ordnung ist."

„Großartig. Dann sehen wir uns morgen. Schlafen Sie sich aus, wenn Sie glauben, dass könnte Ihnen guttun." Er klopfte mir auf die Schulter und blickte demonstrativ zur Tür. Offensichtlich wollte er mich loswerden, aber ich konnte nicht gehen, ohne vorher noch einmal mit diesem Kater gesprochen zu haben, insbesondere, wenn es sich tatsächlich um Mord handelte. Hoffentlich würde mein Chef mir später einmal für meine Hartnäckigkeit in dieser Angelegenheit dankbar sein.

Also blieb ich einfach stehen und verschränkte die Arme. „Ehrlich gesagt habe ich mich gefragt, ob die Katze noch da ist. Sie schien ziemlich beunruhigt zu sein und ich wollte sie wissen lassen, dass mit mir alles okay ist."

Die Eheleute tauschten einen besorgten Blick.

„Schon gut, Liebes, Wir werden es ihr ausrichten", entgegnete Diane freundlich.

Ich hasste es zu lügen, aber besondere Zeiten ...

„Es wäre gut möglich, dass das nicht reicht", stürzte ich mich kopfüber in meine Lüge. „Ich habe damals am Blueberry Bay-College einen Kurs über Tierpsychologie belegt und bin überzeugt, es würde ihr helfen, wenn sie sich persönlich von meinem Wohlbefinden überzeugen könnte. Ansonsten, äh, könnten Verhaltensstörungen aufgrund sublimierter Angst auftreten."

Mrs. Fulton starrte mich in verwirrtem Entsetzen an. „O nein, das wollen wir auf keinen Fall."

Mr. Fulton kicherte. „Du sagst es, Liebling, vor allem, weil sie auf absehbare Zeit bei uns wohnen wird. Da wäre es nicht gerade prickelnd, wenn der alte Octavius seine sublimierte Angst an unseren neuen Vorhängen auslässt."

Und da war sie – eine weitere, goldene Gelegenheit, eine, die ich nicht ungenutzt lassen würde.

„Wissen Sie, wahrscheinlich ist er bereits

verstört und höchstwahrscheinlich auch deprimiert. Seine Besitzerin ist gestorben und er wurde aus seinem gewohnten Umfeld herausgerissen."

„So habe ich das noch gar nicht gesehen." Diane zog besorgt die Augenbrauen hoch. „Können Katzen tatsächlich Depressionen bekommen?"

Gleich hatte ich sie soweit ...

Ich nickte bekräftigend und grub meine Klauen noch tiefer in sie hinein. „Auf jeden Fall, und da man ihnen kaum Antidepressiva geben kann, brauchen sie jemanden, der die Zeichen erkennt und sie natürlich behandelt."

„Was also schlagen Sie vor?", fragte Mr. Fulton. Leider verriet sein Ausdruck nicht, was in ihm vorging.

Achselzuckend versuchte ich, mich desinteressiert zu geben. „Ich weiß, ich bin nur eine Rechtsanwaltsgehilfin, aber ich habe diesen Kurs absolviert und hatte schon immer ein Händchen für Tiere, insbesondere für Katzen. Da Sie gerade so viel um die Ohren haben, was die Familie und den Nachlass anbelangt, sollte ich sie Ihnen vielleicht für ein paar Tage abnehmen. Damit hätten Sie den Kopf frei für andere Dinge und ich könnte ihr helfen, ihre Depressionen zu überwinden, wenn Sie das möchten."

Sie tauschten einen Blick, den ich nicht wirklich zu deuten vermochte, nahm aber an, dass es die Art von Kommunikation war, die sich entwickelte, wenn man mehr als dreißig Jahre verheiratet war.

Diane war es, die schließlich für beide antwortete. „Das wäre natürlich eine große Hilfe für uns, aber bist du dir sicher?"

Mit einem breiten, beschwichtigenden Grinsen antwortete ich: „Es wäre mir eine Freude."

Ja, eine Freude – und hoffentlich stattdessen *nicht* meine Beerdigung.

4

Nachdem mir die Fultons ihren Segen gegeben hatten, betrat ich das Büro des Seniorpartners und entdeckte den Kater sofort. Wie eine Art Bond-Bösewicht thronte er mitten auf dem ledernen Schreibtischstuhl. Beinahe hätte ich erwartet, er würde die kleine, flauschige Katze rauskehren, die man nur zu gerne streichelte, wurde aber eines Besseren belehrt, als er zu sprechen begann.

„Hat ja lange genug gedauert", murrte er und leckte demonstrativ seine Pfote. Trotz allem, was ich durchgestanden hatte, um es zu ihm zurückzuschaffen, machte er sich nicht einmal die Mühe, mich anzuschauen. Obwohl ich ihn gerade mal fünf Minuten kannte, war mir bereits jetzt klar, dass er ein Idiot war.

Hätte ich mich an diesem Tag nur mit dem Problem sprechender Tiere auseinandersetzen müssen, wäre ich wahrscheinlich gleich wieder gegangen, aber da war leider noch mehr: Jemand war ermordet worden – und noch dazu eine süße, alte Dame.

„Ich habe mich wirklich beeilt", zischte ich ihn an und fragte mich, wie ihm diese kleine Dosis seiner eigenen Medizin wohl gefiel. „Es ist ja nicht so, als ob du irgendwo anders hinmüsstest."

Er schnaubte und faselte etwas über einen vollen Terminkalender und wichtige Routinen, aber ich bekam nicht alles mit, was er sagte, weil er unglaublich schnell sprach.

Wie dem auch sei ... da stand ich nun also und unterhielt mich mit einer Katze auf eine Art und Weise, die wir beide verstanden – größtenteils jedenfalls. Wenn ich schon verrückt war, dann war ich wenigstens konsequent darin. Nun, da sich meine Fähigkeiten, mit Tieren sprechen zu können, bestätigt hatten, war es an der Zeit, mir seinen unmöglich langen Namen einzuprägen. „Wie heißt du gleich noch mal?"

Er rollte seine bernsteinfarbenen Augen und erhob sich majestätisch. „Hast du nicht aufgepasst? Ich bin Octavius Maxwell Ricardo Edmund Frederick Fulton."

Kein Wunder, dass er so schnell redete, war es doch die einzige Möglichkeit, diesen Namen auszuspucken, ohne zu riskieren, dass sein Gegenüber dabei einschlief. Ich probierte es aus und hoffte, dass, wenn ich ihn richtig aussprach, ihn das vielleicht etwas milder stimmen würde. „Octavius Maxwell Richard ..."

„Ricardo Edmund Frederick Fulton", korrigierte er mich. „Komm schon, das kann doch nicht so schwer sein."

Er sprang vom Stuhl, kam auf mich zu, und seine schlangenartigen Augen funkelten irritiert. Anscheinend war es jetzt auch noch meine Schuld, dass er diesen lächerlichen langen Namen hatte. Wie auch immer, ich weigerte mich, mich von einer Kreatur einschüchtern zu lassen, die ich leicht zehn zu eins überragte.

„Ich bin Angie. Tausend Dank übrigens, dass du gefragt hast."

Er blieb abrupt stehen und kräuselte die Nase. „Klingt ziemlich langweilig und nichtssagend."

„Tut mir wirklich leid, dich enttäuschen zu müssen“, fuhr ich ihn an und fragte mich dabei, ob ich wohl die Katzensprache oder er die der Menschen imitierte.

Zum ersten Mal, seit ich ihn getroffen hatte, nahm seine Stimme einen freundlicheren Ton an. Er seufzte und sagte: „Wir können eben nicht alle Octavius Maxwell Ricardo Edmund Frederick Fulton, der Erste, sein.“

„Moment mal, hast du da gerade was hinzugefügt, um ihn noch länger zu machen? So funktioniert das nicht. Selbst wenn ich mir diesen Rattenschwanz merken könnte, habe ich keine Lust, ihn jedes Mal komplett aufsagen zu müssen, wenn ich was von dir will.“

„Wie auch immer.“ Er schaute mich aus weit aufgerissenen Augen an und gähnte. Was für ein nerviges Vieh! Hoffentlich würde er, wenn ich ihn in seine Schranken verwies, anfangen, mich als gleichwertig zu behandeln, anstatt in mir nichts weiter als einen inkompetenten Diener zu sehen.

„Da du jetzt vorläufig mir gehörst, kürze ich deinen Namen auf … auf … *hmm* …“

„Schön zu erkennen, dass dein Geist genauso scharf ist wie dein Name.“ Er bedachte mich mit einem maunzenden Lachen, das ich geflissentlich ignorierte.

„Halt den Mund, Octavius ... Oktagon ... Oktopus ... Octocat! Das ist es! Von nun an werde ich dich Octocat nennen." Ich war wahnsinnig stolz auf mich, dass mir dieser niedliche Spitzname für ihn eingefallen war, der perfekt zu ihm passte. Nicht einmal sein schlechtes Benehmen konnte meine gute Laune trüben.

„Octo ... Cat", höhnte er und tigerte zwischen uns auf und ab. „Das glaube ich eher nicht."

„Nun, dein Vorname ist Octavius und du hast insgesamt acht davon, von daher ..."

Genervt stampfte er auf den Boden auf und drehte sich im Kreis. „Auf keinen Fall! Ich heiße Octavius Maxwell Ric ..."

„Halt die Klappe! Möchtest du lieber Octopussy gerufen werden? Überhaupt kein Problem für mich."

Gerade als er ansetzte, etwas darauf zu erwidern, unterbrach das knarrende Geräusch der sich öffnenden Tür unser Gespräch.

Dianes Kopf tauchte auf, gefolgt von dem Rest ihrer Person. „Alles in Ordnung bei euch? Ich meinte, Stimmen gehört zu haben."

Ich richtete mich auf, klopfte mir die Hose ab und bedachte meine Freundin mit einem einnehmenden Lächeln, um ihr zu demonstrieren, dass ich nicht verrückt war. „Alles in bester Ordnung. Ich habe mich nur gerade vorgestellt und ihn wissen lassen, dass er die nächsten paar Tage bei mir wohnen wird."

Sie blickte verstohlen zu Octocat hinüber, der sich just in diesem Moment auf den Hintern plumpsen ließ und anfing, die Tatzen zu lecken. „Du sprichst mit der Katze?", fragte sie, obwohl es nicht wirklich wie eine Frage klang.

Ich hielt ihrem Blick stand, um ihr zu zeigen, dass mir das nicht peinlich war, obgleich das Gegenteil der Fall war. „Selbstverständlich. Es hilft ihnen dabei, eine emotionale Bindung zu mir aufzubauen, die selbst für die kurze Zeit, in der wir zusammenleben werden, enorm wichtig ist."

Erneut wanderten ihre Augen zwischen ihm und mir hin und her, dann jedoch zuckte sie mit den Achseln. „Naja, wie auch immer, ich habe gerade seine persönlichen Habseligkeiten aus dem Auto geholt. Sicher, dass es kein Problem für dich ist, ihn uns für ein paar Tage abzunehmen?"

Stirnrunzelnd fügte sie noch hinzu: „Ich befürchte, er ist nicht gerade einfach zu handhaben."

„*Absolut sicher.* Danke für seine Sachen. Ich glaube, ich sollte uns beide jetzt lieber nach Hause bringen, damit wir uns aneinander gewöhnen können. Was für ein Tag, nicht wahr?" Mit einem nervösen Lachen schob ich sie zur Tür hinaus. Dann schnalzte ich mit der Zunge und klopfte mir seitlich auf den Oberschenkel, um ihn zu mir zu rufen: „Hier, Miezekatze, komm her."

Octocat trottete gehorsam zu mir herüber und murmelte mit zusammengebissenen Zähnen: „Wenn du mich noch ein einziges Mal *Miezekatze* nennst, kotze ich dir in die Schuhe, während du schläfst."

„Also, bis bald!", rief ich Diane hinterher und raffte seine Sachen zusammen, die sie am Haupteingang des Büro aufgestapelt hatte.

Sobald wir beide sicher in meinem Auto saßen, überhäufte er mich mit einer Litanei von, wie ich annahm, katzenspezifischen Schimpfwörtern.

„Hör auf damit", schimpfte ich. „Hat deine Mutter dir keine Manieren beigebracht?"

Er hielt inne und warf mir einen derartig höhnischen Blick zu, dass ich tatsächlich zurückwich. „Jetzt beleidigst du auch noch meine Mutter? Lass dir gesagt sein, sie tat ihr Bestes, um sieben Kätzchen durchzubringen, wo sie doch nur sechs Brustwarzen hatte, um alle zu füttern."

Ich erschauderte und legte den Rückwärtsgang ein. „Vielen Dank für dieses anschauliche Bild."

Umgehend stieß Octocat ein markerschütterndes Jaulen aus und sprang mit ausgefahrenen Krallen auf meinen Schoß. „Bei meinen Schnurrhaaren! Wir werden sterben", schrie er. „Ich bin noch viel zu jung dafür, zu schön und zudem viel zu wichtig."

„Ach, sieh mal einer an, hast du Angst?", säuselte ich und in diesem Moment war er mir beinahe sympathisch, obwohl sich seine Krallen tief in meinen Oberschenkel gruben. „Das ist ja niedlich."

„Ich bin nicht niedlich", stieß er hervor. „Bring mich sofort in Sicherheit, dann werde ich mir eine angemessene Strafe für dich überlegen."

Ich lachte nur, schaltete das Radio an und ließ mich von den neuesten Top-Vierzig-Hits berieseln, die auch gleichzeitig diverse Beschwerden über meinen Fahrstil übertönten.

Trotz des unnötigen Dramas schafften wir es in einer angemessenen Zeit zu mir nach Hause, aber jetzt tauchte schon das nächste Problem auf. Ich liebte meine winzige Zwei-Zimmer-Mietwohnung mit der großen Veranda und hohen Eichen im Vorgarten; mein neuer Mitbewohner hingegen …

„Wohin hast du mich gebracht?“, verlangte er zu wissen und weigerte sich vehement auszusteigen, so sehr ich auch bettelte.

„Das ist mein Zuhause und du wirst ebenfalls für ein paar Tage hier leben“, erklärte ich, obwohl meine Geduld mittlerweile so dünn war wie ein Engelshaar.

Er rümpfte seine verwöhnte, rosa Nase. „Auf keinen Fall! Das ist ja nicht mal eine Bruchbude. Es entspricht in keiner Weise den Standards, die ich gewohnt bin.“

Meine erste Eingebung war, auf der Stelle umzudrehen, wieder ins Büro zu fahren und ihn den Fultons zurückzubringen. Stattdessen machte ich nur eine tiefe, sarkastische Verbeugung und murmelte: „Wie bedauerlich, Eure Königliche Hoheit. Das ist leider alles, was ich mir leisten kann. Außerdem bist du nichts weiter als eine gewöhnliche, getigerte Katze mit schlechtem Benehmen und lächerlichen Erwartungen an das Leben.“

Er zischte und versuchte doch tatsächlich, mir mit seiner Pfote eine zu wischen, aber glücklicherweise gelang es mir, meinen Arm zurückzuziehen, bevor er mich verletzen konnte.

„Nichts weiter als eine getigerte Katze!", schrie er und bedachte mich mit einer weiteren Tirade von Kätzchenflüchen. „Wie kannst du es wagen? Lass dir gesagt sein, dass ich von großmütterlicher Seite aus eine Maine-Coon bin."

So langsam ging mir all das gehörig auf die Nerven. Warum musste jede noch so winzige Kleinigkeit in einem Kampf ausarten?

Also ließ ich mich auf die Knie nieder, um ihm Auge in Auge gegenüberzustehen, auch wenn ich mich damit in Anbetracht seines Temperaments, kombiniert mit seinen scharfen Krallen, einem ziemlichen Risiko aussetzte.

„Willst du jetzt, dass ich dir bei der Lösung dieses Mordes helfe oder nicht? So wie ich das sehe, bin ich die einzige Person auf der ganzen Welt, die das kann. Wenn du allerdings möchtest, dass ich das tue, solltest du dich ein wenig zusammenreißen und mich netter behandeln."

Wir starrten einander an, aber ich weigerte mich, zuerst wegzuschauen. Da ich regelmäßig mit größenwahnsinnigen Anwälten zu tun hatte, sollte ich es doch auch schaffen, diese kleine, launische Katze in den Griff zu kriegen.

Schließlich streckte Octocat sich, gähnte, sprang aus dem Auto und trabte an mir vorbei zu meiner Haustür.

„Wirst du mich nun endlich hineinlassen, oder was?“, jaulte er von meiner Veranda zu mir herüber und zuckte ungeduldig mit dem Schwanz.

Nun, zumindest war das schon mal ein kleiner Fortschritt.

5

Drinnen angekommen, schlenderte Octocat auf direktem Weg hinüber zu meinem gepolsterten Lieblingssessel und machte es sich darauf bequem. Die Proteste von gerade eben schienen vergessen. Am Zustand meiner Hose ließ sich bereits erkennen, dass er ziemlich stark haarte – mein armer, cremefarbener Stuhl hatte gegen sein braunschwarzes Fell nicht die geringste Chance.

Trotz alledem war er ein Gast, und Großmutter hatte hart daran gearbeitet, mir Manieren beizubringen.

„Kann ich dir etwas zu trinken anbieten?", fragte ich zögernd und betrat die Küche.

Er hob den Kopf und stieß ein zufriedenes

Schnurren aus, worüber ich genauso schockiert war, als wenn ihm ein zweiter Schwanz gewachsen wäre. „Hast du Evian?“, fragte er höflich und überkreuzte seine Vorderpfoten.

„Ich habe Leitungswasser und …“ Ich warf einen Blick in den Kühlschrank und runzelte angesichts der wenig katzenfreundlichen Optionen die Stirn. „Diät-Cola und Apfelsaft.“

Das Schnurren hörte abrupt auf und Octocat legte seine Pfötchen wieder nebeneinander ab. „Dann passe ich für den Moment, erwarte aber, dass du baldmöglichst in den Laden gehst und die notwendigen Vorräte für meinen Aufenthalt besorgst. Ich trinke ausschließlich Evian-Wasser und esse nur ausgefallene Leckereien. Und wohlgemerkt, nicht irgendeine Geschmacksrichtung. Es muss schon Fisch sein, und zwar der in den kleinen Metalldosen und nicht aus irgendeinem Plastikbehälter. Sei versichert, ich schmecke den Unterschied.“

Ich konnte nicht anders, als über die Dreistigkeit dieser Forderung zu lachen. „Das ist alles?“

„Natürlich nicht, aber irgendwo müssen wir ja anfangen.“ Er blickte mich finster an und weigerte sich, den Humor der Lage zu erkennen.

Da wir gerade nicht wirklich weiterkamen,

holte ich nur für mich eine Dose Cola und kehrte ins Wohnzimmer zurück. Mit einem tiefen Seufzer ließ ich mich auf die Couch fallen. Wenn Octocat es auf die melodramatische Tour haben wollte – bitte sehr.

Seine bernsteinfarbenen Augen schienen mich zu durchbohren, er weigerte sich wegzusehen und dieser verdammte Schwanz begann wieder, wie wild zu zucken. Es grenzte schon beinahe an ein Wunder, dass man ihm keine Manieren beigebracht hatte, angesichts der Umstände, unter denen er bis vor zwei Tagen gelebt hatte.

Ich räusperte mich, er jedoch starrte mich unverwandt an. Erwartete er etwa, dass ich …? *O du meine Güte!*

„Ich muss jetzt aber nicht sofort einkaufen gehen, oder?“, fuhr ich ihn an, setzte mich aufrecht hin und starrte zurück.

Er zuckte mit den Schultern, als hätte er noch gar nicht großartig darüber nachgedacht, obwohl wir beide wussten, dass dem genau so war. „Na ja, schön wäre es schon.“

„Heute Morgen konntest du von nichts anderem als dem Mord an Ethel Fulton reden, und jetzt ist es dir plötzlich wichtiger, dass ich dir eine bestimmte Wassermarke besorge, anstatt mit der Klärung des Mordes zu beginnen?“

Einen kurzen Moment lang schien er zu überlegen. „Ich hätte nie gedacht, dass ich jemals so tief sinken würde, aber sei’s drum – bring mir das Leitungswasser.“

„Ernsthaft jetzt?“ Obwohl das die Antwort war, die ich hören wollte, rechnete ich fest damit, dass er innerhalb von Sekunden seine Meinung wieder ändern und mir zu verstehen geben würde, dass das nur ein Scherz war und ich zu dumm wäre, ihn als solchen zu erkennen.

„Manchmal müssen wir für diejenigen, die wir lieben, Opfer bringen. Dieses ist für Ethel.“ Er nickte ernst, obwohl wir gerade über eines der banalsten Themen sprachen, das man sich vorstellen konnte.

„Du leidgeprüfte Kreatur.“

Offensichtlich schockiert riss er die Augen auf. „Dieser Zustand dürfte nicht allzu lange andauern. Sobald ich dir alles erzählt habe, sollte der Fall auch für dich eindeutig sein.“

„Perfekt“, entgegnete ich und begab mich erneut in die Küche. Dort ließ ich das Wasser aus dem Hahn einige Sekunden lang laufen, um sicherzustellen, dass es für meine verwöhnte, neue

Bekanntschaft die perfekte Temperatur hatte. „Dann schieß mal los und sag mir, was du weißt."

Octocat jedoch wartete, bis ich zurückgekehrt war und die Schale auf dem Couchtisch vor ihm abgestellt hatte. Er hüpfte hinüber und schnüffelte zögerlich daran.

„Die ist weder von Lenox noch aus Kristall, und noch nicht mal aus Edelstahl." Angewidert wandte er den Kopf zur Seite und verdrehte seinen Körper zu einem seltsam versnobten Knäuel aus Fell und Gliedmaßen. „Was ist das? Kann man bedenkenlos daraus trinken?"

„Es ist eine normale Schüssel aus dem Ein-Dollar-Laden und völlig in Ordnung. Ich esse die ganze Zeit daraus." Nachdrücklich schob ich das Teil zu ihm hinüber und er machte vor Schreck einen Satz rückwärts.

„Das ist ja wohl kaum ein überzeugendes Argument." Er beäugte mich von Kopf bis Fuß und zuckte dann mit seinen kleinen Kätzchenschultern, bevor er sich umdrehte und auf meinen Sessel zurücksprang. „Irgendwie bin ich plötzlich gar nicht mehr so durstig", erklärte er gähnend.

Anstatt auf seinen Snobismus einzugehen, öffnete ich meine Dose und trank einen großen Schluck. Die Kohlensäure half allerdings nicht wirklich, um meine angespannten Nerven zu beruhigen.

„Wollen wir jetzt endlich über die ganze Sache reden?“, drängte Octocat und klopfte ungeduldig mit dem Schwanz. Obwohl er es gewesen war, der die Verzögerungen verursacht hatte, war jetzt anscheinend mein Getränk daran schuld, dass wir beide mit unserem Job als Amateurdetektive in Verzug geraten waren.

So sehr ich es auch hasste, als Übeltäter hingestellt zu werden, war es doch einfacher, seine Unverschämtheiten zu schlucken, als ständig wegen jeder Kleinigkeit einen Streit vom Zaun zu brechen. Je früher wir den Mörder identifizierten und vor Gericht bringen konnten, desto eher durfte ich wieder zu meinem normalen, katzenfreien Leben zurückkehren.

Also atmete ich tief ein, versuchte, mich zu sammeln und fragte: „Wieso glaubst du, Ethel Fulton wurde ermordet?“

„Ich *glaube* es nicht, ich *weiß* es, weil ich es selbst mit angesehen habe.“ Demonstrativ riss er seine bernsteinfarbenen Augen auf. Vielleicht würde die ganze Sache doch nicht so schwierig werden wie erwartet.

„Oh, das ist ja großartig. Wer also war der

Mörder?“ Ich lehnte mich nach vorne, bereit für die große Enthüllung.

„Keine Ahnung.”

Schön tief durchatmen! „Aber du hast doch gesagt, du hättest alles beobachtet?“

„Das habe ich.“

„Wie kannst du dann nicht wissen, wer es getan hat?“

„Es war definitiv ein Mensch“, sagte er und zog selbstbewusst seine Schnurrhaare hoch.

„Ach, tatsächlich? Mehr hast du nicht zu bieten?“ Das Sofa ächzte protestierend, als ich mich mit aller Gewalt in die Polster warf und die Hände hinter dem Nacken verschränkte, um mich davon abzuhalten, Octocat zu erwürgen. „War es ein Mann oder eine Frau? Jung oder alt? Ein Fremder oder jemand, den sie kannte?“

Er gähnte. „Erwartest du wirklich, dass ich mich daran noch erinnere?“

„Ist das dein Ernst?“ Jetzt schrie zur Abwechslung ich mal ihn an.

„Was? Ist doch nicht meine Schuld, dass alle Menschen gleich aussehen.“

Tiefe, beruhigende Yoga-Atemzüge. „Also, du hast beobachtet, wie ein Mensch sie umgebracht hat, weißt aber nicht, wer es war.“

„Ja, das habe ich dir doch gerade eben zu erklären versucht. Hörst du mir überhaupt zu?”

Meine nächsten Worte wählte ich mit Bedacht, obwohl eigentlich er derjenige war, der mich für einen Idioten hielt. „Hast du dann vielleicht irgendeine Idee, wie dieser Mensch sie umgebracht haben könnte? Soviel ich weiß, starb sie eines natürlichen Todes.“

„Nein, ihre Zeit war noch nicht gekommen. Da hat definitiv jemand nachgeholfen.“

Ich wartete darauf, dass er weiterredete, aber er fing einfach an, sich zu putzen.

„Hallo? Wir sind hier mitten in einem wichtigen Gespräch. Könntest du bitte mal fünf Minuten mit dem Geschlecke aufhören, damit wir uns auf die Fakten konzentrieren können?“

Octocat stieß ein kleines Schnauben aus, kam meiner Bitte jedoch nach. „Schon wieder muss ich ein Opfer bringen. Ich kann nur hoffen, dass Ethel von dort oben auf mich herabschaut, damit meine guten Taten nicht unbemerkt bleiben.“

„Ich bin sicher, dass sie im Himmel ist, auf uns herunterblickt und denkt: *Wow, was hatte ich doch für eine tolle Katze*. Kannst du mir jetzt bitte die ganze Geschichte von Anfang bis Ende erzählen? *Die über den Mord*“, fügte ich schnell hinzu, da ich nicht schon wieder etwas über die sechs Nippel seiner Mutter hören wollte.

Er nickte gnädig und richtete sich auf. Was folgte, war eine dramatische Nacherzählung des besagten Abends, die eines Oscars würdig gewesen wäre, wenn ihn denn außer mir jemand verstehen könnte.

„Lass mich dir die Szene bildlich darstellen.“ Er hob die Pfote und beschrieb damit einen Bogen. „Es geschah vor zwei Nächten. Das Wetter war mild und gerade fing das Licht am Himmel an zu verblassen. Ethel hatte mehrere andere Menschen eingeladen, um mit ihr am Tisch zu essen. Sie hatte alles selbst zubereitet; daran erinnere ich mich noch ganz genau, weil es Lachs gab und sie mir ebenfalls einen kleinen Teller davon hinstellte. Ich freue mich, berichten zu dürfen, dass der Fisch perfekt auf den Punkt gegart war, zart, aber nicht trocken, und die Portion ebenfalls eine angemessene Größe hatte. Ethel wusste immer ganz genau, was ich brauchte.“

„Könntest du dich bitte auf die Fakten konzentrieren“, stieß ich zwischen zusammengebissenen Zähnen hervor. „Zurück zum Mord, wenn es dir nichts ausmacht.“

Zwar grinste er spöttisch, enthielt sich jedoch

jeglichen Kommentars. „Jeder konnte sich mehr als satt essen, dann gingen alle nach Hause. Als Ethel sich fürs Bett fertig machte, legte sie ihre Hand auf die Brust und ließ mich wissen, dass sie sich nicht wohl fühlte. Dann begab sie sich zur Ruhe und schlief ein. Sie wachte nicht wieder auf."

„Das klingt beinahe so, als hätte sie einen Herzinfarkt gehabt. Wie kommst du darauf, dass sie ermordet wurde?" Ich streckte die Hand aus, um ihm einen versöhnlichen Klaps auf den Kopf zu geben, aber er schlug sie weg.

„Ethel hatte ein sehr starkes Herz", betonte er, „das hat sie mir nach jedem Arztbesuch versichert." Er veränderte seine Stimme – jetzt klang sie hoch und kratzig – und beugte sich nach vorne, so als wolle er sein verstorbenes Frauchen imitieren. *„Der Doc hat gemeint, dass mit meinem Herz alles in Ordnung ist und ich noch ewig leben werde.* Tatsächlich war sie gerade in dieser Woche erst in der Klinik gewesen und man hatte ihr das erneut bestätigt."

Da ich nicht wusste, wie ich es taktvoll ausdrücken sollte, platzte ich einfach geradewegs damit heraus. „Schon klar, aber sie war alt. Da kann es schon mal schnell gehen, dass der Körper aufgibt."

Octocat schüttelte entschieden den Kopf, und

als er mich wieder ansah, schielte er. „Gut möglich, aber bei Ethel lag der Fall anders. Nach dem Abendessen roch sie irgendwie komisch.“

Ich schürzte die Lippen, während ich über seine Worte nachdachte. Ganz offensichtlich hatte er seine Besitzerin geliebt, aber je länger er redete, desto mehr klang es für mich, als ob sie eines natürlichen Todes gestorben und nicht Opfer eines geheimen Mordplans geworden wäre. Wie aber sollte ich ihm das beibringen?

Nach einem kurzen Moment des Zögerns entschied ich mich, meine Gedanken laut auszusprechen: „Ich habe gehört, dass Katzen manchmal ahnen, wenn ein Mensch stirbt. Ihr beide seid euch sehr nahegestanden – vielleicht hast du es einfach nur gespürt?“

Wieder dieses manische Kopfschütteln. „Nein, sie wurde definitiv ermordet. Der gleiche seltsame Geruch haftete auch am Abendessen und dem Tee.“

„Versuchst du mir zu sagen, dass sie vergiftet wurde? Wie bitte sollte das möglich sein? Du hast mir doch äußerst detailliert geschildert, wie du den Fisch ebenfalls probiert hast ... und dir geht es gut.“

„Mich hat sie vor Ankunft der Gäste gefüttert. Ich denke, jemand hat sich an dem Mahl zu schaffen gemacht, nachdem ich die Küche verlassen hatte, um ein Schläfchen zu halten."

Ich zog eine Augenbraue hoch und fragte: „Warum sind dann die anderen Gäste nicht gestorben?"

„Weil dieser Jemand gezielt sie töten wollte, nehme ich mal an." Er richtete seinen Blick auf den Stuhl vor sich und zum ersten Mal entdeckte ich so etwas wie Trauer in seinen Augen. „Ich verstehe es einfach nicht. Sie war der netteste Mensch, den es gab. Wer würde sie töten wollen?"

„Ich hatte gehofft, du wüsstest die Antwort auf diese Frage." Erneut musste ich mich daran erinnern, dass er nicht gestreichelt werden wollte – zumindest nicht von mir. Also umklammerte ich mit beiden Händen mein Getränk und nahm einen weiteren Schluck, bevor ich ihm einen Vorschlag unterbreitete: „Sie hatte eine Menge Geld. Vielleicht wollte sich jemand vorzeitig sein Erbe schnappen?"

Sein Kopf schnellte wieder nach oben und er sah mich prüfend an. „Du glaubst also, dass jemand aus der Familie sie getötet hat?"

Ich zuckte mit den Achseln. „Ich bin immer noch nicht ganz davon überzeugt, dass sie ermordet wurde."

„Nun, dann werde ich es dir wohl oder übel zeigen müssen.“ Innerhalb einer Sekunde war er auf die Füße und von seinem Sessel heruntergesprungen.

„Mir zeigen? Wie meinst du das?“, fragte ich und erhob mich ebenfalls.

„Gehen wir zu mir nach Hause und schauen uns um. Ich garantiere dir, dass wir dort den Beweis finden, den du brauchst, um meinen Worten Glauben zu schenken.“

6

Es grenzte schon beinahe an ein kleines Wunder, dass Octocat seine Heimatadresse kannte. Er und Ethel hatten auf der gegenüberliegenden Seite der Stadt in der Nähe der Bucht gewohnt – genau wie alle anderen wohlhabenden Leute um Glendale herum.

Eine private Auffahrt führte etwa einen halbe Kilometer durch den Wald, bevor ein stattliches, weitläufiges Haus im Kolonialstil vor uns auftauchte, dessen riesige Erkerfenster aufs Meer gerichtet waren.

Angesichts dieser unerwarteten Pracht fiel mir die Kinnlade herunter „Hier lebst du?"

„Erst Sicherheit, dann reden", flüsterte Octocat und grub seine Krallen tiefer in meine Oberschenkel, während ich das letzte Stück der Auffahrt hinter mich brachte und vor dem Bauwerk zum Stehen kam, das mehr an einen Palast als an ein tatsächliches Zuhause erinnerte.

Anstatt direkt davor zu parken, fuhr ich um das Anwesen herum. So offensichtlich wollten wir unseren Besuch nun auch wieder nicht machen. Kaum hatte ich die Autotür geöffnet, sprang er heraus und lief in einer Zickzacklinie auf das Haus zu.

„Warte!“, rief ich ihm hinterher und nutzte diese weitere Gelegenheit, um mich umzusehen. „Wollen wir da wirklich einfach so hineinspazieren?“

„Selbstverständlich, immerhin ist das hier mein Heim.“

„Ja, aber ist es nicht verschlossen?“ Trotz all meiner Abschlüsse und zufälligen Kenntnisse hatte ich mir nie die Zeit genommen, mich mit dem Schlosserhandwerk zu beschäftigen. Das sollte ich unbedingt noch auf meine Liste für spätere Studien setzen, obwohl uns das im Moment natürlich auch nicht weiterhalf.

„*Psst.* Nur für Menschen. Pass auf.“ Mit diesen Worten lief er die Verandastufen hinauf und blieb vor einer kleinen Hundeklappe stehen, die sich beinahe perfekt in die Steinwand des Hauses einfügte. Während er wartete, schob sich die Platte zur Seite und gewährte ihm Einlass, was keinen Zweifel daran ließ, dass seine kleine Haustür mehr gekostet haben musste als meine gesamte Monats- oder vielleicht sogar Jahresmiete.

Ich rannte ihm hinterher, ließ mich auf Hände und Knie fallen und spähte hinein. Zwar schloss sich die Klappe direkt vor meiner Nase, öffnete sich aber einige Sekunden später erneut und Octocat kam mit einem großen Lächeln auf seiner kleinen Schnauze wieder herausgetrottet. „Es tut gut, wieder zu Hause zu sein."

„Nun, du solltest dich besser nicht daran gewöhnen. Wir sind nur hier, um nach Hinweisen zu suchen."

„Worauf wartest du dann noch? Komm herein." Wieder verschwand er durch seinen privaten Eingang und dieses Mal war ich nahe genug dran, um ein kleines Licht an seinem Halsband aufblinken zu sehen, bevor sich die Tür öffnete. Wirklich nobel.

Er drehte sich um und blickte mich an. „Kommst du nicht mit?"

„Da gibt es nur leider ein kleines Problem." Ich

streckte meine Hand nach ihm aus. „Ich passe da nicht durch."

Genervt schüttelte er den Kopf und hob verärgert eine Pfote vors Gesicht. „Dann nimm dir den Schlüssel. Er befindet sich dort unter dem glänzenden Felsbrocken. Und beeil dich endlich!"

Stöhnend kämpfte ich mich wieder auf die Füße und begann, die Veranda und die angrenzenden Blumenbeete nach dem besagten glänzenden Stein abzusuchen. Obwohl ich Octocat erst heute Vormittag kennengelernt hatte, wusste ich bereits, dass ich ihn besser nicht um Hilfe oder um weitere Erklärungen bitten sollte. Glaubt mir, ihr habt nie wirklich gelebt, bevor ihr nicht von einer Katze herablassend behandelt wurdet, obwohl ich diese Erfahrung nicht unbedingt empfehlen würde.

Was mich betraf, hatte ich leider keine andere Wahl, zumindest nicht, bis ich entweder den Mord aufgeklärt oder bewiesen hatte, dass alles mit rechten Dingen zuging, wovon ich stark ausging.

Octocat kam erneut herausgetrabt und fuhr mir mit der Pfote über die Wade, wobei er sich nicht mal die Mühe machte, seine Krallen einzufahren. „Du suchst am falschen Ort", teilte er mir mit gelangweiltem Gesichtsausdruck mit.

Ich starrte zuerst auf ihn herab und überprüfte dann mein Bein auf frische Blutstriemen.

Mein tierischer Begleiter drehte sich im Kreis, hüpfte dann von der Veranda und begann, an der Ecke zu scharren, wo Gebäude und Treppe aufeinandertrafen. Dort befand sich die Reihe von Fußpfadlichtern, von denen trotz der einsetzenden Dämmerung keines beleuchtet war.

Ich ging ihm hinterher und zog den ersten Strahler aus dem Boden. Tatsächlich war darunter in der Erde ein kleiner, silberner Schlüssel vergraben. „Gutes Versteck", lobte ich und bückte mich, um das Teil aus seinem Grab zu befreien.

„Ja, Ethel war ebenso klug wie liebenswert", sagte Octocat mit einer Ehrfurcht, die ich nie an ihm vermutet hätte. „Sie war wirklich der beste Mensch, den man sich vorstellen kann. Wirklich zu schade, dass du nie die Gelegenheit hattest, sie kennenzulernen."

Ich wollte ihm gerade sagen, wie süß ich diese Aussage fand, als er hinzufügte: „Du hättest so Einiges von ihr lernen können."

„In Ordnung", knurrte ich verärgert und wandte mich wieder der Treppe zu, „Lass uns schauen, dass wir mit unseren Ermittlungen vorwärtskommen."

Der Schlüssel glitt problemlos ins Schloss und nur Augenblicke später betrat ich die majestätische Eingangshalle und wusste überhaupt nicht, wo ich zuerst hinschauen sollte. Also stieß ich erst einmal einen überraschten Pfiff aus und flüsterte: „Mein Gott, das Haus ist riesig."

Er seufzte. „Ja, absolut perfekt, nicht wahr?"

In respektvollem Schweigen standen wir nebeneinander, während ich all die teuren Möbel und das Ambiente auf mich wirken ließ. Selbst die Leuchten sahen aus, als stammten sie aus einem Schloss aus dem siebzehnten Jahrhundert. Wenn ich nicht schon vorher ein schlechtes Gewissen gehabt hätte, weil ich in das Haus einer toten Frau einbrach, dann spätestens jetzt, als wir inmitten all dieser unbezahlbaren Besitztümer herumschnüffelten.

Octocat bog entschieden nach rechts ab, und ich folgte ihm. Kurze Zeit später landeten wir in der Küche. Anerkennend beäugte ich die wunderschönen weißen Eichenmöbel; alles an diesem Ort erwies sich als überlebensgroß. Die riesige Kochinsel in der Mitte des Raumes hatte die Maße eines King-Size-Bettes und der Edelstahlkühlschrank schien mindestens doppelt so groß zu sein wie der in meiner winzigen Wohnung.

„Einfach der Hammer", murmelte ich, unfähig, meinen Blick von dem abzuwenden, was gerade zu meinen persönlichen Küchentraum geworden war. „Da das Essen in diesem Raum zubereitet wurde, sollten wir zuerst hier nach Beweisen für eine Vergiftung suchen."

Nur mit Mühe riss ich mich von dem Anblick los und konzentrierte mich wieder auf ihn. Wenigstens schien er nichts dagegen zu haben, dass ich es bedächtig anging, was mir eine weitere Gelegenheit bot, sein ehemaliges Zuhause zu bewundern, im Gegenteil: er sah erfreut aus. „Hmm-hmm. Da haben wir ja mein Evian."

Ich folgte seinem Blick in Richtung Speisekammer, wo sich im untersten Regal Dutzende von Flaschen seines bevorzugten Trinkwassers stapelten. „Hat das wirklich Priorität?"

„Allerdings, und jetzt beeil dich. Ich bin am Verdursten." Damit ließ er sich auf den Boden plumpsen und wartete.

Ich verdrehte die Augen, befolgte aber trotzdem brav seine Anweisung. Nachdem ich ihm die gewünschte Menge in die vorgeschriebene Schüssel gefüllt hatte, ging ich zurück in die Speisekammer und holte mehrere Flaschen Wasser und ein paar Dutzend Dosen seines speziellen Katzenfutters, damit wir unsere gemeinsame Zeit überstehen würden. So musste ich zumindest kein kleines Vermögen für seine Verköstigung ausgeben.

Er schleckte genüsslich die Schale aus und leckte sich dann als Zugabe auch noch die Mundwinkel. „Das war genau das, was ich jetzt gebraucht habe. Vielen Dank."

Ich widerstand dem Drang, ungeduldig mit dem Fuß zu klopfen, was das menschliche Äquivalent zu all dem Schwanzzucken zu sein schien. „Jetzt, wo du erfrischt und rehydriert bist, kannst du mich ja vielleicht herumführen und mir vor Ort zeigen, was du in der Nacht des Mordes gesehen hast."

„Selbstverständlich." Mit langsamen, schleichenden Schritten durchquerte er die Küche, sprang dann auf die Arbeitsplatte und winkte mich an die Spüle heran, die bis zum Rand mit schmutzigem Geschirr gefüllt war.

„Das ist ekelhaft, aber ich tue es für Ethel", sagte er seufzend, schloss die Augen und steckte seine Nase mitten in das Chaos.

Eine Weile wühlte er darin herum und behauptete schließlich: „Dieser hier ist es!"

Ich verrenkte mir schier den Hals, konnte aber nicht erkennen, worauf er zeigte. „Welcher?"

„Ich deute mit meiner Nase darauf", kam die

gedämpfte Antwort zurück. „Bitte beeil dich, es ist nicht gerade der angenehmste Geruch."

Einen nach dem anderen zog ich schmutzige Teller aus dem Becken. Auf jedem klebten unterschiedliche Reste von Lachshaut, Reiskörnern oder Butter, aber ich hatte schon viel Schlimmeres erlebt als ein paar Tage altes, benutztes Geschirr. Mich störte diese Aktivität nicht annähernd so sehr wie den verwöhnten Kater.

„Erledigt. Das ist der besagte Teller", rief er, kam wieder aus der Spüle heraus und leckte sofort über seine Pfote. „Riech mal daran."

Ich tat, wie mir geheißen, konnte aber nur den schwachen Geruch von verdorbenem Fisch wahrnehmen.

Octocat fuhr sich mit der Pfote kurz über den Kopf und setze seine Säuberungsaktion fort. „Und jetzt schnupper Mal an einem der anderen und du wirst sehen, was ich meine", wies er mich an.

Auch dieser Anordnung leistete ich widerspruchslos Folge und stellte sicher, dass ich einen extra tiefen Atemzug nahm, konnte aber keinen Unterschied feststellen. „Was sollte ich denn sonst noch riechen, außer dem Lachs?"

„Erinnerst du dich, dass ich dir von dem merkwürdigen Geruch erzählt habe?" Er wartete ab, bis ich zustimmend nickte und verriet mir dann: „Der haftete nur an Ethels Teller."

„Und bei diesem hier handelt es sich um ihren Teller?", fragte ich und hielt ihm nochmals den ersten unter die Nase.

Vor Ekel verzog er das Gesicht. „Definitiv."

„Und was genau soll ich jetzt hier tun? Ich rieche keinen Unterschied und wüsste auch nicht, wie ich es anstellen sollte, ein Forensik-Team darauf anzusetzen."

„Sag ihnen einfach das, was ich dir gesagt habe."

„Na klar. Ich erkläre ihnen, die Katze ist der Meinung ... Das kommt mit Sicherheit gut an."

„Ich verstehe, was du meinst." Er hörte auf zu sich zu putzen und blickte sich in der Küche um. „Außer der Unordnung vom Abendessen sieht alles normal aus. Öffne doch mal den Mülleimer und lass uns nachsehen, ob wir darin Gift finden."

Ich tat, wie mir geheißen und trat auf das kleine Pedal, um den Deckel zu heben, damit wir beide hineinschauen konnten.

„Leer", sagte ich und schüttelte den Kopf. „So allmählich sieht es danach aus, als wäre sie gar nicht umgebracht worden."

„Oder aber der Täter war klug genug, die

Beweise verschwinden zu lassen. Immerhin haben wir das Beweismittel aus der Spüle. Es ist nicht meine Schuld, dass deine unzureichend ausgebildete, menschliche Nase nicht aufnehmen kann, was sich direkt vor ihr befindet."

Auch wenn ich es ungern zugab – er hatte recht. „Na schön. Wo könnten wir sonst noch nach Hinweisen suchen?"

Er schüttelte hochmütig den Kopf und zuckte dazu passend mit dem Schwanz. „Sag mir erst, ob du mir das mit dem Mord abnimmst."

„Wie bitte? Warum ist das wichtig?" Ich warf ihm den dominantesten Blick zu, den ich zustande brachte. Zwar glaubte ich nicht, dass es bei Katzen, so wie bei Hunden, Alphatiere gab, aber so allmählich war es an der Zeit, ihm zu zeigen, wer hier das Sagen hatte.

Sein Knurren unterbrach meine Gedankengänge. „Wenn wir zusammenarbeiten werden, muss ich einfach wissen, ob du mir vertraust und bereit bist, alles zu tun, was nötig ist, damit Ethel Gerechtigkeit widerfährt."

Ich verdrehte die Augen, murmelte jedoch: „Gut, ich glaube dir."

„Versuch das nächste Mal, ein wenig überzeugender zu klingen", grinste er spöttisch, sprang dann von der Theke, schüttelte seinen kleinen Katzenhintern und stolzierte davon. „Da du die beste Option zu sein scheinst, die ich habe, werde ich wohl oder übel mit dir vorliebnehmen müssen. Also komm schon, lass mich dir unser Schlafzimmer zeigen."

Während ich ihm zurück in die Eingangshalle und die große Treppe hinauf folgte, fragte ich mich, ob ich tatsächlich an diese Mordtheorie glaubte. Ich hatte die Beweise zwar weder sehen noch riechen können, kannte Octocat mittlerweile aber gut genug, um zu wissen, dass er seine Zeit nicht mit falschen Behauptungen verschwenden würde.

Ob es nun viel Sinn machte oder nicht, er war überzeugt, Ethels Leben hatte ein unnatürliches Ende gefunden – und obwohl es mich weit mehr als nur ein bisschen verrückt aussehen ließ, glaubte ich ihm.

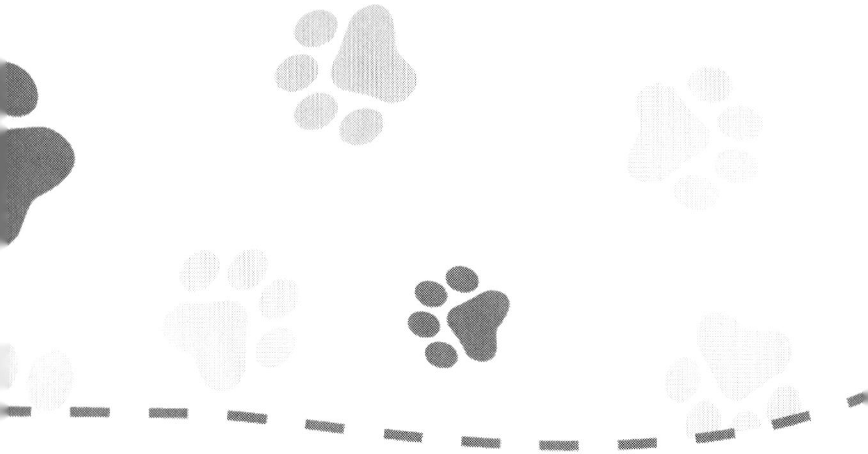

7

Es war schon merkwürdig, in einem Raum zu stehen, in dem weniger als achtundvierzig Stunden zuvor jemand gestorben war. Sogar die Luft in Ethel Fultons Schlafzimmer fühlte sich irgendwie weniger sauerstoffhaltig an, als hätte sie noch versucht, jedes verfügbare bisschen Luft einzusaugen, bevor sie ihren letzten Atemzug tat. Bei diesem lieblichen Gedanken erschauderte ich und schlang die Arme um meinen Oberkörper.

Octocat hüpfte aufs Bett und kratzte an der Decke. „Hier ist es passiert. Dies hier war mein Kissen, und sie schlief auf der dem Badezimmer zugewandten Seite. Normalerweise stand sie mehrmals Mal pro Nacht auf, um ihre Wasserschüssel zu verschmutzen. Ihr Menschen seid schon ein ekelhafter Haufen, aber weil ich Ethel so sehr geliebt habe, konnte ich über ihre Verfehlungen hinwegsehen.“

„Worauf bitte willst du hinaus?“, fragte ich seufzend und er zog die Lippen hoch, enthielt sich jedoch jeglichen Kommentars. „In dieser Nacht wachte sie überhaupt nicht auf. Es war das erste Zeichen dafür, dass etwas definitiv nicht stimmte.“

Umständlich näherte ich mich der Schlafstätte, wollte mich allerdings weder hinsetzen noch sie berühren. „Ich dachte, der merkwürdige Geruch des Essens war das erste Zeichen.“

Mein Begleiter schnüffelte weiter alles ab, als ob er etwas Bestimmtes suchen würde. „Da hatte ich es zum ersten Mal vermutet, aber als sie dann kein einziges Mal aufstand, wusste ich es mit Sicherheit.“

Ich gab Octocat einen ungestörten Moment, um die Untersuchung des Bettes abzuschließen. Als er sich auf seinem Kopfkissen niederließ, sagte ich: „Okay, also auch wenn sie hier gestorben ist, glaube ich nicht, dass er direkt etwas mit dem Mord zu tun hat. Unten waren sechs Essteller. Nehmen wir mal an, einer war der von Ethel – kannst du dich daran erinnern, wer die anderen fünf Gäste waren?“

„Ich könnte sie möglicherweise identifizieren, wenn ich sie wiedersehe, aber eher am Geruch als am Aussehen.“

Das hatte ich befürchtet, aber sein überlegener Geruchssinn nutzte mir wenig. Die einzige Person, die ich je anhand ihrer Duftnote bestimmen könnte, wäre Bethany aus der Firma – und das auch nur aufgrund ihrer Besessenheit, was die Verwendung von ätherischen Ölen anbelangte. Doch dann kam mir eine zündende Idee. „War einer von ihnen heute Morgen bei der Testamentseröffnung dabei?“

Er gähnte und streckte seine Pfoten in einer Art schlanker Yoga-Pose von sich. „Ja, alle waren da“, erklärte er.

Plötzlich erschien die Lösung dieses Falls nicht nur möglich, sondern sogar wahrscheinlich. Bemüht darum, ihn durch meinen plötzlichen Ausbruch von Ungeduld nicht zu verschrecken, fragte ich beinahe beiläufig: „Aber du weißt nicht, wer von ihnen Ethel umgebracht hat?“

„Nein. Als ich sie heute Morgen sah, haftete keinem von ihnen dieser komische Geruch von der Dinnerparty an“, entgegnete er stirnrunzelnd.

„Und du erinnerst dich auch nicht mehr an ihre Namen?“

Er schüttelte den Kopf.

Ich vergaß meine ursprüngliche Abneigung, seufzte und ließ mich neben ihm auf die Matratze sinken, wobei ich spürte, wie mir der ganze Wind aus meinen neu aufgestellten Segeln genommen wurde. „Da mindestens zwanzig Leute anwesend waren, haben wir durchaus ein paar Verdächtige."

Er seufzte ebenfalls. „Ja, es sieht ganz danach aus."

Plötzlich wurde mir wieder bewusst, dass ich genau auf der Stelle saß, an der die alte Frau Fulton nicht einmal zwei volle Tage zuvor ihr Leben ausgehaucht hatte, und ich erschauderte. „Vielleicht sollten wir versuchen ..."

„Pst, sei still!", fuhr Octocat mich an und sprang auf. Seine Ohren drehten sich wie kleine Satellitenschüsseln, die versuchten, den besten Empfang zu finden. „Gerade ist jemand ins Haus gekommen."

Mein Magen plumpste an meinen Füßen vorbei und geradewegs durch die Bodendielen. *„Was?"*

Er lauschte erneut. „Ja, es ist definitiv jemand hier."

Bei meinem Glück bestimmt der Mörder, der zurückgekommen war, um den Tatort von allen verbliebenen Beweisen zu säubern – Beweise, die ich zu dumm gewesen war zu finden. Jetzt wären sie für immer verschwunden und die arme Ethel Fulton müsste ungerächt ihre Reise ins Jenseits antreten. Ganz zu schweigen davon, dass der Mörder, wenn er uns fand, wieder zuschlagen könnte – denn natürlich standen wir ihm direkt im Weg.

„Wir müssen von hier verschwinden", murmelte ich tonlos und hoffte, Octocat könne Lippen lesen.

Er sprang auf den Boden und trabte durch die Schlafzimmertür hinaus, die ich dummerweise weit offenstehen gelassen hatte.

Eine gefühlte Ewigkeit war kein Laut zu hören und ich wartete nur darauf, dass der Eindringling den Weg meines glücklosen Kumpels kreuzte. Würde er die Gefahr erkennen? Und wenn ja, würde er einen Weg finden, mich darauf aufmerksam zu machen?

Weitere Minuten vergingen, ohne dass er oder jemand anderes auftauchte; also nahm ich all meinen Mut zusammen und schlich auf Zehenspitzen durch den Flur in Richtung der großen Treppe. Ich musste es nur diese Stufen hinunter- und zur Tür hinausschaffen, dann brauchte ich diesen Ort nie wieder zu betreten.

Obwohl mir der leise Abstieg ausgesprochen gut

gelang, geschah dies auf Kosten einer zügigen Flucht.

Ungefähr auf halbem Weg tauchte eine schattenhafte Gestalt im Foyer auf und hielt inne, als sie mich bemerkte.

Von all den Dingen, die ich hätte tun können, entschied ich mich für die dümmste überhaupt – ich blieb wie festgefroren stehen.

„Wer ist da?“, fragte die Gestalt. Die Stimme gehörte eindeutig zu einer Frau, wodurch ich mich ein wenig entspannte. Wahrscheinlich würde ich es kaum schaffen, mich gegen einen ausgewachsenen Mann zur Wehr zu setzen, aber bei einer Größe von gut eins siebzig sollte ich es mit den meisten weiblichen Wesen aufnehmen können – es sei denn, sie hatten eine Waffe.

Ich … Ich bin …“ Wie in aller Welt sollte ich mein unerlaubtes Eindringen erklären? Die Wahrheit über die sprechende Katze und unsere Mordermittlung wäre schlimmer als so ziemlich jede Lüge, aber ich war auch viel zu verängstigt, als dass mir auf der Stelle etwas Plausibles eingefallen wäre.

Glücklicherweise wählte Octocat genau diesen Moment, um durch seine elektronische Katzentür hereinzukommen und die Treppe hinaufzurennen, um sich mir anzuschließen. „Sag ihr, dass du nach meinem Essen, meinem Körbchen und all den anderen Vorräten suchst“, befahl er.

Das war eine großartige Idee, und zumindest teilweise wahr.

„Ich passe ein paar Tage auf die Katze auf und bin hergekommen, um ihre persönlichen Sachen abzuholen. Und w-wer sind Sie?“, fragte ich kühn und tat so, als hätte ich alles Recht der Welt, hier zu sein.

Sie trat zurück und betätigte einen Schalter, der den Kronleuchter über uns erhellte und uns beide in grelles Licht tauchte. „Offensichtlich gehören Sie nicht zur näheren Familie, sonst würden sie das nicht fragen. Warum also sagen Sie mir nicht, wer *Sie* sind?“

„Sie blufft nur“, flüsterte der Kater an meiner Seite. „Sie hat genauso viel Angst wie du und schüttet wie verrückt jede Menge menschlicher Stresshormone aus.“

„Ich arbeite für Mr. Fulton.“ Langsam ging ich weiter, den Blick fest auf die Person gerichtet. „Sollte ich ihm ausrichten, dass Sie hier waren?“

„Der war gut“, jubelte Octocat hinter mir.

Die Frau fluchte leise auf. Tiefe Tränensäcke unter ihren Augen verrieten mir, dass sie seit Nächten nicht mehr gut geschlafen hatte und die

Art und Weise, wie sie ihren Mund zu einem Strich zusammenpresste, zeigte mir, dass sie sich ertappt fühlte.

„Nein, das würde ihm sicher nicht passen“, murmelte sie, warf einen Blick über ihre Schulter und wandte sich dann wieder mir zu. „Bitte glauben Sie mir, ich habe nichts an mich genommen. Ich wollte nur kurz Tante Ethels Sachen durchsehen, um sicherzustellen, dass ich bei der Aufteilung des Erbes nicht übervorteilt werde. Außerdem bin ich schon wieder so gut wie weg, also ist nichts passiert.“ Kapitulierend hob sie die Hände und wartete darauf, dass ich endgültig zu ihr nach unten kam.

„Ich denke, dass ich Mr. Fulton nichts von diesem Zwischenfall erzählen muss, aber wir sollten jetzt beide besser gehen und hinter uns abschließen“, sagte ich, wesentlich mutiger, als ich mich eigentlich fühlte.

„Selbstverständlich.“ Sie wich langsam zurück, wobei sie mich die ganze Zeit im Auge behielt, tastete dann nach dem Knauf hinter ihrem Rücken und schwang die Haustür so heftig auf, dass diese gegen die Wand knallte. Wenn ich vorher nicht schon misstrauisch war, stellte ich spätestens jetzt ihre Motive in Frage.

„Wir sehen uns", sagte die Frau und spähte ein letztes Mal durch die Tür, bevor sie die Veranda hinunterhuschte.

Ich beobachtete, wie sie in ein altes Auto einstieg, sich hinters Steuer setzte und ununterbrochen vor sich hinmurmelte. Auch wenn sie jetzt weg war, bedeutete das noch lange nicht, dass sie – oder andere – jederzeit wieder hier aufkreuzen konnten. Von daher sollten auch wir schnellstens verschwinden, aber zuerst musste ich noch Octocats Sachen aus der Küche holen.

Er folgte mir mit zügigen Schritten. „Das hast du toll gemacht", lobte er mich. „So allmählich glaube ich, dass du doch die Richtige für diesen Job sein könntest."

„Na so was, vielen Dank aber auch", entgegnete ich, während ich mir so viel von dem Evian und den Katzenfutterdosen in die Arme lud, wie ich nur irgendwie tragen konnte. „Würde es dir etwas ausmachen, mir den Rücken freizuhalten, während ich hiermit beschäftigt bin? Nur für den Fall, dass sie versucht, sich erneut anzuschleichen, um mich abzustechen?"

Octocat sprang auf den Tresen und riss die Augen auf. „O nein, sie ist nicht der Mörder."

„Wie kannst du dir da so sicher sein?",

murmelte ich und kämpfte mit meiner unausgeglichenen Last. „War sie in jener Nacht nicht da?"

„Doch, war sie, aber sie ist nicht clever genug, um eine solche Tat zu begehen, geschweige denn, sie zu vertuschen. Das musst du mir glauben. Sie ist Ethels Nichte und zweifellos der dümmste Mensch, dem ich je begegnet bin. Solch einen Schachzug hätte sie sich nie ausdenken können."

„Das klingt ja beinahe so, als ob du den Mörder bewundern würdest", flüsterte ich, während wir die Küche verließen. Da ich nicht mit Sicherheit wusste, ob der ungebetene Besucher schon gegangen war oder nicht doch noch irgendwo herumlungerte, wollte ich mich schnellstmöglich aus dem Staub zu machen.

Mein Begleiter gab einen zischenden Laut von sich. „Nein, ich bin genauso höllisch wütend wie ein Mensch ohne sein Handy, aber ich weiß, dass sie zu so was nicht in der Lage wäre. Damit bleiben aber noch vier weitere Gäste übrig, die es hätten tun können."

Die Vordertür stand nach wie vor weit offen, aber das Auto der Frau in der Auffahrt war verschwunden. Gott sei Dank, denn ich war nicht bereit für weiteren Smalltalk, auch wenn Octocat mich beinahe überzeugt hatte, dass er nicht mit meinem eigenen Mord enden würde.

„Aber du weißt nicht, wer die anderen Gäste waren? Vorhin hast du doch noch gesagt, du könntest keinem ein Gesicht oder eine Stimme zuordnen, aber Ethels Nichte hast du komischerweise sofort erkannt."

Er seufzte, als wäre er derjenige, der es hier mit einem Idioten zu tun hätte. „Das hängt mit meinem Geruchsgedächtnis zusammen. Ohne das passen manche Details leider nicht zusammen."

„So etwas Bescheuertes habe ich noch nie zuvor gehört." Vorsichtig setzte ich einen Fuß vor den anderen, während wir uns unseren Weg über den unebenen Boden zur Rückseite des Hauses bahnten, wo mein Auto in der Nähe eines kleinen Wäldchens hinter hohen Bäumen versteckt parkte.

„Und mit wie vielen Katzen hast du bereits tiefgründige Gespräche geführt, bevor du mich getroffen hast, wenn ich fragen darf?"

Damit hatte er zweifellos recht. „Eins zu Null für dich, aber diese kleine Exkursion hat uns keinen Schritt weitergebracht. Was also schlägst du als Nächstes vor?"

Wir erreichten den Wagen und ich stellte meine Ladung Dosen und Flaschen auf den Boden, damit ich den Kofferraum öffnen und alles darin verstauen konnte.

„Es war definitiv *nicht* nichts." Octocat sprang auf das Verdeck und schaute auf mich herab, als wäre ich ein Bauer und er der König. „Zumindest haben wir mein Essen und mein Wasser bekommen, oder?"

Kopfschüttelnd und zugleich kichernd knallte ich den Kofferraumdeckel zu. Wir hatten uns der Gefahr gestellt, waren jedoch noch immer meilenweit davon entfernt, unser Mordrätsel zu lösen. Aber zumindest hatten wir Evian!

8

Am nächsten Morgen wurde ich zu früher Stunde durch einen durchdringenden Schrei geweckt. Da es noch stockdunkel im Zimmer war, tastete ich nach meinem Telefon, das mir als behelfsmäßige Taschenlampe diente.

„O Mann, du hast mich geblendet!“, brüllte Octocat und sprang mit einem großen Satz vom Bett hinunter auf den Boden, um dem Lichtstrahl zu entkommen.

Ich bemühte mich um eine sitzende Stellung, aber meine Glieder waren noch schwer vom Schlaf. „Was hat das zu bedeuten? Was ist passiert?“

Er wandte mir sein Gesicht zu und riss die Augen auf, damit seine Pupillen sich an das grelle

Licht der Taschenlampe gewöhnen konnten. „Es ist Zeit fürs Frühstück“, informierte er mich.

Ein kurzer Blick auf mein Handy zeigte mir, dass es gerade mal fünf Uhr war. Bis zu der Zeit, zu der ich normalerweise an einem Arbeitstag aufzustehen pflegte, also noch mehr als zwei volle Stunden.

„Auf keinen Fall, vergiss es“, stöhnte ich und zog mir die Decke über den Kopf. „Verschwinde.“

Wieder ertönte dieser schreckliche Schrei, der mir Schauer über den Rücken jagte und sich direkt in meine Hirnwindungen grub

„Bist du das?“ zischte ich ihn an.

Er zischte zurück, bemühte sich jedoch um einen Tonfall in normaler Lautstärke. „Es ist Zeit fürs Frühstück“, wiederholte er. „Wenn ich die Dose selbst öffnen könnte, würde ich das tun, aber leider besitze ich diese Fähigkeit nicht. Also, Süße, steh auf und benutze diese deine Finger dazu, wofür Gott sie dir gegeben hat.“

„Also gut, aber ich hasse dich“, jammerte ich, während ich meine Beine über den Rand des Bettes schwang. Er hatte mich tatsächlich so weit gebracht, was aber noch lange nicht bedeutete, dass ich mich beeilen würde.

Er rannte voraus und drehte mehrere Kreise,

während er darauf wartete, dass ich ihn einholte. „Dieses Gefühl beruht auf Gegenseitigkeit, zumindest, bis ich gefrühstückt habe."

„Und ich meinen ersten Kaffee hatte", erwiderte ich und erschauderte, als ich mich an den gestrigen Vorfall mit der Kaffeemaschine im Büro erinnerte. Vielleicht würde ich zukünftig auf Tee umsteigen.

In der Küche angekommen, knallte ich meinem verwöhnten Mitbewohner seine Lieblings-Lachspastete auf einen Teller und stellte diesen vor ihm auf dem Boden ab. *„Bon Appétit"*, murmelte ich und schlurfte dann zurück in mein Schlafzimmer.

Ich hatte mich kaum richtig hingelegt, als Octocat ebenfalls wieder da war, nach meinen Füßen schnappte und knurrte: „O nein, du kannst jetzt nicht wieder ins Bett gehen. Es ist morgen, und ich muss frühstücken."

„Ich habe dir gerade dein Futter hingestellt! Verschwinde und lass mich in Ruhe." Dann ließ ich mich zurück in die Kissen sinken und drehte mich auf die Seite, um nicht ständig in sein forderndes Kätzchengesicht schauen zu müssen.

„Ist das so schwer zu verstehen?", entgegnete er seufzend und seine Schnurrhaare zuckten wütend. „Ich kann nicht essen, wenn du nicht neben mir stehst, mir zusiehst und mir sagst, was für eine gute Katze ich bin."

„Aber du bist keine gute Katze", murmelte ich. Im Moment war er so ziemlich das schlimmste Katzenvieh der Welt. Immerhin hatte mich noch nie zuvor jemand zu dieser unchristlichen Zeit aus dem Schlaf gerissen.

„Ethel hat mich beim Essen immer gestreichelt und mit mir gesprochen. Meinst du nicht, du könntest ...?" Er ließ den Satz unvollendet, und wider besseren Wissens drehte ich mich um und blickte ihm direkt in seine riesigen, flehenden Augen.

„Also gut!", stieß ich zwischen zusammengebissenen Zähnen hervor, „aber morgen wachen wir nach meinem Zeitplan auf."

Er erwiderte nichts darauf, sondern ging mir mit hoch aufgerichtetem Schwanz und schwingenden Hüften voraus in die Küche, was ziemlich aufgesetzt aussah.

„Oh, großer und allmächtiger Octocat, du bist so eine gute Miezekatze", sagte ich und verdrehte die Augen, während er seinen ersten, zaghaften Bissen von diesem übelriechenden Frühstück zu sich nahm.

„Hey, was habe ich dir gesagt, als du mich das letzte Mal *Miezekatze* nanntest?", murrte er zwischen den Bissen. „Die andere Sache allerdings gefällt mir ausnehmend gut.“

„Welche? *Octocat?*“ Ich bedachte ihn mit einem misstrauischen Blick. Das war eine Überraschung, wenn man bedenkt, wie hartnäckig er bis jetzt auf seinen lächerlich langen Namen bestanden hatte.

„Das ist eine davon“, bestätigte er schmatzend, während er sich erneut über sein Katzenfutter hermachte.

„Der Name passt definitiv zu dir.”

„Und er lässt mich hip und modern erscheinen.“

„O ja, der perfekte Name für einen coolen Kater wie dich.“ Vielleicht war es an der Zeit, dem armen Kerl einen neuen Slang beizubringen. Immerhin hatte er sein gesamtes aktuelles Vokabular von einer achtzigjährigen Frau übernommen.

Nachdem er sein Essen beendet hatte, goss ich etwas Evian in eine Schüssel und stellte sie vor ihn hin. Er leckte sie genüsslich leer und begann dann mit dem ersten seiner vielen täglichen Körperpflegerituale.

„Da ich nun schon mal auf bin, werde ich mich wohl ebenfalls fertig machen”, informierte ich ihn und dankte meinem Herrgott dafür, dass er mir nicht auch noch ins Bad folgte. So konnte ich zumindest ohne weiteres Drama in Ruhe duschen.

Das heiße Wasser prickelte auf meiner Haut und erweckte langsam meine Lebensgeister, und nachdem ich ebenfalls frisch und sauber war, war ich auch gleich viel besser gelaunt.

„Freut mich zu sehen, dass du endlich aufgewacht bist“, sagte Octocat und nickte zustimmend. „Wann müssen wir los ins Büro?“

„Wir? Nein, nein, nein – auf keinen Fall. Wie bitte sollte ich es begründen, dass ich dich mitbringe?“

„Aber ich war gestern doch ebenfalls da“, argumentierte er und verzog die Lippen zu einem beinahe kindlichen Schmollmund.

„Da fand ja auch die Testamentseröffnung statt.“

„Dann verlest das Testament einfach noch mal. Außerdem kann ich, wenn ich mich dort aufhalte, dabei helfen, den Mörder zu entlarven.“

Ich verschränkte die Arme vor der Brust und starrte zu ihm hinunter, ohne zu blinzeln. „Du kommst *nicht* mit!“

Er jedoch war bereits an der Tür und rief mir in singendem Tonfall zu: „Tja, Pech, dass du mich nicht aufhalten kannst.“

Was für ein Miststück. Es war typisch für ihn, dass er stets im Mittelpunkt des Geschehens stehen wollte. Für eine Katze war er extrem kontaktfreudig. Wenn ich also eine Möglichkeit finden wollte, ihn zu Hause zu lassen, musste ich mir etwas Wichtiges für ihn einfallen lassen, das er nur von hier aus erledigen konnte – oder zumindest etwas, das ihn glauben ließ, es sei wichtig.

Was war das gleich noch mal für ein Sprichwort über Katzen und Neugier? Ich musste mich einfach darauf verlassen, dass es zumindest teilweise zutraf.

„Ich gehe nur deshalb zur Arbeit, weil ich keine andere Wahl habe“, teilte ich ihm mit. „Du jedoch schon. Und es wäre viel besser, wenn du hierbleiben und in unserem Fall recherchieren würdest.“

Er zuckte mit dem Schwanz und blickte interessiert drein. Ein Punkt für klischeehafte, alte Sprüche. „Oh? Und woran genau hattest du da so gedacht?”

Wenn ich zu lange überlegte, würde er mich durchschauen. Also sprach ich das Erste aus, was mir in den Sinn kam. „Nachforschung. Im Internet.“

„Ich kann aber nicht tippen”, entgegnete er finster. „Und lesen ebenso wenig.“

„Du kannst nicht lesen?“ Keine Ahnung, warum mich das überraschte, denn die meisten Katzen konnten ja nicht mal sprechen. Vielleicht hatte ich einfach angenommen, dass Octocat alle diese Dinge beherrschte, weil ich in ihm meinem eigenen, kleinen Katzensuperhelden sah.

Er verließ die Tür und kam zurück zu mir ins Wohnzimmer. „Bis ich dich traf, hatte ich nicht mal eine Ahnung, dass die Menschen über ein so komplexes System der Kommunikation verfügen.“, erklärte er. „Eure unterschiedlichen Laute bedeuten alle komplett unterschiedliche Dinge. Ich nahm stets an, es ginge nur um Emotionen, aber ihr scheint tatsächlich den verschiedenen Objekten und Konzepten Geräusche zuzuordnen. Irgendwie faszinierend.“

„Das kann ich dir nur zurückgeben.” Es überraschte mich stets aufs Neue, dass er in uns nichts anderes als Tiere zu sehen schien, und seiner Meinung nach waren Katzen sowieso die intellektuell überlegene Spezies auf diesem Planeten, was einfach nur lachhaft war. Ob sich die Menschheit ebenfalls täuschte, was ihren Stellenwert im Reich der Tiere anging? Das machte mich auf jeden Fall nachdenklich, ebenso wie eine weitere Sache, die mich wirklich interessierte. „Du sprichst also nicht Englisch?“

Verwirrt zuckte er mit den Schnurrhaaren. „Was ist Englisch? Euer Wort für Mensch? Weil nein, ich spreche nicht menschlich. Du benutzt die Katzensprache.“

„Ganz bestimmt nicht.” Zumindest war ich mir relativ sicher, dass ich keine Abfolge von Miau-, Schnurr- und Knurrgeräuschen von mir gab.

„Und doch verstehen wir uns irgendwie.“ Ich fand diese Diskussion über die Feinheiten unserer Kommunikation ungeheuer interessant, Octocat jedoch blicke ziemlich gelangweilt drein. Vielleicht war es genau diese Neugier, die am Ende auch dem Menschen zum Verhängnis werden würde?

Kameradschaftliches Schweigen machte sich breit, während wir beide darüber nachgrübelten, der eine mehr, der andere weniger.

Endlich sagte ich: „Ich nehme an, das ist ein weiteres Rätsel, das es zu lösen gilt, aber natürlich erst, nachdem wir das vorrangige Mordmysterium aufgeklärt haben.“

„Das hat nichts mit einem Rätsel zu tun“, entgegnete er und seine Augen funkelten wissend. „Es ist schlichtweg Magie.“

„Magie?“ Bei dieser Vorstellung lachte ich auf. „Du glaubst an Magie?“

„Du etwa nicht?“, fragte er und sah dabei wahrhaft überrascht aus.

Was mochte es sonst noch alles geben, das wir Menschen nicht über den Rest der Welt wussten? Bestimmt so viel mehr, als wir uns träumen ließen. Darüber würde ich mir später irgendwann noch weitere Gedanken machen; im Moment musste ich mich darauf konzentrieren, ihn abzulenken, damit ich mich ohne ihn ins Büro schleichen konnte.

„Okay, erst mal zu dem, was du für mich tun kannst“ sagte ich und griff nach der Fernbedienung, die auf dem Couchtisch lag. „Ich lasse den Fernseher für dich an, damit du lernst, die Menschensprache zu lesen.“

„Äh ... warum?“

„Damit du mich bei meinen Recherchen unterstützen kannst, natürlich.“

„Bist du dann ebenfalls gewillt, dich mit der Katzensprache zu befassen?“, schoss er zurück.

„Klar, du kannst mir ein paar Begriffe beibringen, wenn ich von der Arbeit zurück bin.“ Zwar hatte ich seinem Vorschlag in erster Linie deshalb zugestimmt, um einem weiteren Streit aus dem Weg zu gehen, musste aber trotzdem zugeben, dass mich die Vorstellung, mehr über eine so außergewöhnliche Kommunikationsmethode zu erfahren, durchaus reizte.

Auf Knopfdruck erwachte das Gerät flackernd zum Leben und sofort wanderten unsere Augen zum Bildschirm. Nachdem ich ein wenig durch die Sender gezappt hatte, entschied ich mich für einen der Kinderkanäle, auf dem ein kleines Mädchen mit karamellfarbener Haut und ihr Affe direkt mit den Zuschauern sprachen. Ich drückte eine Reihe von Tasten und fand schließlich die Option, mit der man die Untertitel aktivieren konnte.

Octocat miaute aufgeregt und schien von dem Film direkt angetan zu sein. Einige Minuten lang leistete ich ihm noch Gesellschaft und beobachtete ihn; dann jedoch schaffte ich es, genau wie geplant, unbemerkt hinauszuschlüpfen.

Heute würde ich schrecklich früh im Büro aufschlagen, was aber durchaus von Vorteil sein konnte. Nach und nach begann in meinem Kopf, ein Plan heranzureifen.

Ja, heute würde ein produktiver Tag werden, was die Aufklärung des Mordes an Ethel Fulton anbelangte. Wenn sich meine Erwartungen erfüllten, hätte ich den Übeltäter aufgespürt, noch bevor ich am Abend nach Hause zurückkehrte.

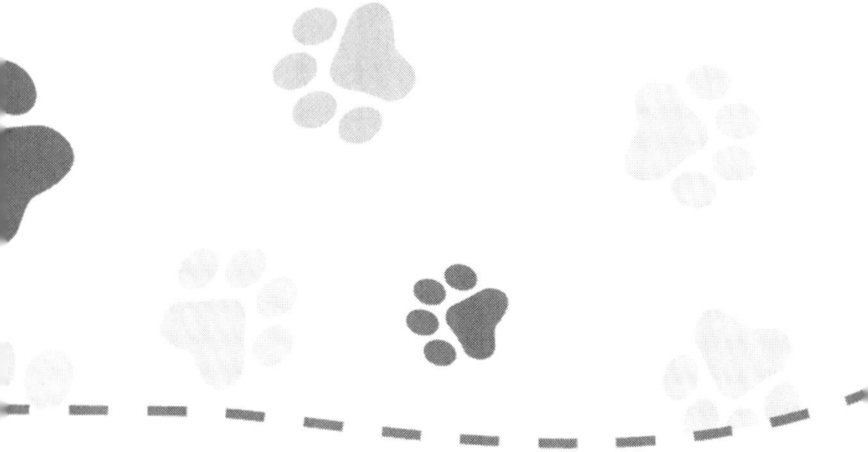

9

Auf dem Weg ins Büro hielt ich kurz beim örtlichen Café an und besorgte für sämtliche Partner und Mitarbeiter Milchkaffee. Auch wenn ich es mir nicht wirklich leisten konnte, brauchte ich eine Ausrede, um mit allen zu sprechen und zu sehen, was ich über die Testamentseröffnung und Ethel Fultons angebliche Todesursache in Erfahrung bringen konnte.

So sehr Großmutter sich auch wünschte, dass ich ein vollwertiger Erwachsener werde, so sprang sie doch glücklicherweise immer wieder ein, wenn ich mal die Miete nicht bezahlen konnte. Normalerweise ging mein kümmerliches Gehalt für Bücher, College-Kurse oder Online-Webinare drauf, aber gerade war ich mir ziemlich sicher, dass Octocats und mein Geheimnis mir in den kommenden Tagen kaum Zeit für irgendwelche Lernaktivitäten oder sonstige Freizeitbeschäftigungen lassen würde.

Ich hatte schon genug Kriminalromane gelesen, um zu wissen, dass es ein gutes Stück Arbeit war, einen Mörder zu identifizieren. Sicherlich, in der realen Welt erwiesen sich viele Ermittlungen als klarer und transparenter als im Buch, aber ich bezweifelte, dass das bei Ethels Fall ebenso sein würde. Immerhin basierten all meine Beweise nur auf Hörensagen … *auf den Aussagen einer Katze.*

Und obwohl ich ihm glaubte, konnte ich nicht genau seine Worte benutzen, um mich anderen gegenüber zu rechtfertigen. Octocat hatte mir zwar gerade genug geliefert, um seine Behauptungen über den Mord zu legitimieren, aber bei weitem nicht genug, um jemanden direkt auf diesen Verdacht hin anzusprechen.

All das bedeutete, dass ich mich zwanglos und gesprächig geben musste, während ich versuchte, aus meinem Chef und meinen Mitarbeitern Informationen herauszukitzeln. Die überraschende Kaffeelieferung war da schon mal ein guter Schritt in die richtige Richtung, aber ich müsste mich auf meinen Verstand verlassen, um etwas von tatsächlichem Wert in Erfahrung zu bringen.

O Mann, ich hatte definitiv viel Arbeit vor mir, aber Dank meines unsanften Erwachens an diesem Morgen war ich bereits eine volle Stunde vor meinem üblichen Arbeitsbeginn in der Firma. Auf dem Parkplatz standen nur zwei weitere Fahrzeuge – die von Mr. Fulton und Bethany. So viel zu all den extra Kaffees, die ich gekauft hatte. Ich konnte nur hoffen, dass ich sie später heimlich in der Mikrowelle aufwärmen könnte, ohne dass es jemandem auffiel.

Bemüht, mir meine Enttäuschung nicht anmerken zu lassen, schwebte ich mit meinem übergroßen Tablett in Händen und einem strahlenden Lächeln im Gesicht ins Büro hinein.

„Guten Morgen", zwitscherte ich und ging an der Rezeption vorbei, wo ich normalerweise saß, um die Besucher und Kunden zu begrüßen.

Zurück kam nichts als Stille.

„Hallo?", rief ich, weil ich ja wusste, dass jemand da war. Ich hatte die Autos gesehen. Also ging in den Flur hinunter in Richtung Mr. Fultons Büro und schaltete dabei die Deckenbeleuchtung an.

„Mr. Fulton?"

Ruckartig öffnete sich die Tür und ich machte einen Satz rückwärts. Gott sei Dank schüttete ich mir dabei nicht die heißen Getränke über den Ausschnitt, denn sonst hätte ich mich den zweiten Tag in Folge mit einer bösen Arbeitsverletzung im Krankenhaus melden können.

Nachdem ich mein Gleichgewicht wiedergefunden hatte, schaute ich zu meinem Boss auf. Der arme Mann war kaum wiederzuerkennen. Er sah merkwürdig zerzaust aus; sein normalerweise gut gebügeltes Hemd war zerknittert, die Krawatte saß schief und sein Blick war auf den Boden gerichtet, was bedeutete, dass er einen zusätzlichen Moment brauchte, um zu realisieren, dass ich direkt vor ihm stand.

„Guten Morgen, Chef", sagte ich vorsichtig. „Ist ... ist alles in Ordnung?"

Endlich erwiderte er meinen Blick und setzte ein höfliches Lächeln auf, das ich sofort durchschaute. „O ja, ja, alles bestens. Ist dieser Kaffee für mich?"

Nachdem ich ihm einen Becher gereicht hatte, zog er sich in sein Büro zurück und schlug die Tür hinter sich zu, ohne auch nur ein *Vielen Dank*, einen *Schönen guten Morgen* oder ein *Was bin ich froh, dass Sie gestern nicht aufgrund der defekten Kaffeemaschine gestorben sind* von sich zu geben.

Seltsam. Mehr als seltsam.

Ich zuckte mit den Schultern und machte mich als Nächstes auf den Weg zu Bethanys Büro. Das Zimmer war dunkel und ruhig, obwohl ich hätte schwören können, auch ihr Auto auf dem Parkplatz gesehen zu haben. Vielleicht hatte ich wirklich den Verstand verloren, oder aber es waren alle anderen, die verrückt geworden waren.

So oder so, irgendwie konnte ich mich des merkwürdigen Gefühls nicht erwehren, beobachtet zu werden. Wusste der Mörder bereits, dass ich ihm auf der Spur war, oder drohte eine andere dunkle Gefahr?

Gefahr, *also bitte*. Ich wurde schon langsam paranoid.

Es war nach wie vor mein schlichtes, altes, langweiliges Büro, nur heute eben ein bisschen früher am Tag, und Mr. Fulton hatte gerade eine Verwandte verloren sowie einen komplizierten Nachlass zu verwalten – kein Wunder, dass er da ein wenig neben sich stand.

Was Bethany betraf, so flüchtete sie gerne mal nach draußen, um frische Luft zu schnappen, was auch durchaus Sinn machte, da in ihrem Büro permanent ein chemischer Nebel aufgrund des übereifrigen Gebrauchs ätherischer Öle waberte. Bestimmt lief sie gerade im Hof herum, was für mich die perfekte Gelegenheit war, mit ihr unter vier Augen zu sprechen, bevor die anderen eintrafen.

Nachdem ich mich also selbst davon überzeugt hatte, dass ich sicher war, stellte ich das Tablett auf meinen Schreibtisch ab, nahm zwei der Becher an mich – einen für sie sowie einen für mich – und begab mich wieder nach draußen. Ich drehte eine Runde um das ganze Gebäude, entdeckte aber nichts weiter als ein verschlagen dreinblickendes Eichhörnchen, das mich misstrauisch anstarrte.

Wo könnte sie hingegangen sein?

Ich lief zum Parkplatz zurück und warf ich einen Blick in ihr Auto, das jedoch ebenfalls leer war. Als ich mich umdrehte, sah ich etwas Graues aufblitzen, das gerade hinter dem Haus verschwand.

„Bethany?“, rief ich und rannte hinterher, aber wieder war niemand zu sehen.

Schließlich gab ich auf, ging wieder hinein und fand sie neben meinem Schreibtisch auf mich wartend. „Wie hast du …?

„Was?“, fragte sie und fummelte ewig an einem

der Becher herum, bis sie ihn schließlich herauszog und unbeholfen in die Hand nahm. „Ich war die ganze Zeit über hier“, entgegnete sie achselzuckend, nachdem ich meinen Satz nicht beendete. Wenn das der Wahrheit entsprach, konnte es nur bedeuten, dass sie zusammen mit Mr. Fulton in dessen Büro war. Ihres war definitiv leer gewesen, und alle anderen an diesem frühen Morgen noch verschlossen.

Aber warum diese Heimlichtuerei?

War ich auf ein weiteres Geheimnis gestoßen?

Nein, Mr. Fulton würde nie eine Affäre haben, nicht in einer Million Jahren, und schon gleich gar nicht mit dieser harten und unverschämten Tusse, die so das komplette Gegenteil seiner Frau war. Dank Octocat war schlicht und einfach meine Fantasie mit mir durchgegangen.

Es wurde Zeit, dass ich mit den Spekulationen über meine Kollegen aufhörte und stattdessen anfing, Informationen über den Mord an Ethel zu sammeln. Da Bethany bereits ein wenig gestresst wirkte, würden ihr heute möglicherweise Dinge herausrutschen, die sie mir normalerweise verschwieg.

Ich musste es einfach versuchen.

„Nun …“, begann ich, stellte einen der beiden

Kaffees, die ich noch immer in Händen hielt, ab und trank einen kleinen Schluck von dem anderen. „Gestern war verrückt, was?"

Sie zuckte zusammen, als hätte sie sich gerade erst wieder an meine Anwesenheit erinnert, wandte sich dann jedoch mit einem schlangenhaften Ausdruck mir zu. „Absolut verrückt", stimmte sie zu.

„Hast du dadurch, dass du mich ins Krankenhaus bringen musstest, viel verpasst?"

„O nein, ich denke nicht. Als ich zurückkam, waren sie gerade erst bei dem Part angekommen, der die Katze betraf." Sie strich sich ihr helles blondes Haar hinters Ohr und lächelte mich versöhnlich an.

„Ich habe gehört, dass Ethel einen Großteil ihres Vermögens Oct ... ich meine, ihrem Kater ... hinterlassen hat. Das hat bestimmt für ziemlichen Aufruhr gesorgt."

Sie ließ sich auf unser Gespräch ein und wurde immer lockerer, je mehr wir tratschten. „Wie würdest du dich denn fühlen, wenn man dir wegen einer gewöhnlichen Hauskatze dein Erbe verweigert?"

„Ich glaube, es ist eine Rassekatze, zum Teil Maine Coon", erwiderte ich und fragte mich, warum ich eigentlich das Bedürfnis verspürte, eine Katze zu verteidigen, die ich noch keine vierundzwanzig Stunden kannte und eigentlich nicht einmal besonders mochte. Bethany hatte recht; ich wusste noch immer nicht, wie viel Octocat tatsächlich geerbt hatte, aber dem Haus nach zu urteilen, das wir gestern besucht hatten, musste es ein hübsches Sümmchen sein.

„Wie auch immer“, entgegnete sie stirnrunzelnd. „Ich kann mir nicht vorstellen, dass man die Frau nach dieser Aktion in guter Erinnerung behalten wird. Die Familie jedenfalls definitiv nicht.“

„Mochten sie sie denn vorher?“, fragte ich mich laut und versuchte, mein reges Interesse an ihrer Antwort nicht zu offensichtlich zu zeigen. Endlich kamen wir zum Kern der Sache.

Bethany zuckte erneut die Schultern. „Wer weiß?”

Als sie sich um Gehen wandte, platzte ich mit dem Erstbesten heraus, das mir in den Sinn kam. „Weißt du, wie sie gestorben ist?“, brüllte ich ihr praktisch hinterher. „Wäre es möglich, dass jemand aus der Verwandtschaft nachgeholfen hat, um früher an sein Erbe zu kommen?“

Sie blieb wie festgefroren stehen und ein paar

peinliche Sekunden vergingen, bevor sie lauthals in Gelächter ausbrach. „Allen Ernstes, Angie? Es scheint, du schaust zu viel fern. Jeden Tag sterben Menschen, und die wenigsten werden ermordet."

Ich zwang mich ebenfalls zu einem Kichern. „Natürlich, da hast du völlig recht. Ich habe gestern noch ewig gelesen und bin heute extrem früh aufgewacht wegen dieser Katze. Anscheinend ist mein Gehirn noch ein wenig umnebelt."

Dieser Teil meiner Ausführung schien ihr Interesse geweckt zu haben. „Stimmt ja, die Katze. Du hast sie mitgenommen, nicht wahr?"

„Ja, ich wollte der Familie in dieser schwierigen Zeit helfen, und das schien mir der einfachste Weg zu sein."

Mit langsamen, betonten Schritten kam sie wieder auf mich zu und senkte die Stimme zu einem heiseren Flüstern: „Du solltest froh sein, dass diese Vorstellung eines Mordes nur in deinem Kopf existiert, denn wer die Katze hat, bekommt auch das Geld. Wenn sie noch recht viel länger bei dir bleibt, könntest du die Nächste auf der Liste des Killers sein."

Eine Eiseskälte kroch von meinen Fingerspitzen bis hinauf in mein Herz und die kleinen Härchen in meinem Nacken stellten sich alarmiert auf. Gerade wollte ich fragen, was sie damit anzudeuten versuchte, als sie erneut in Gelächter ausbrach.

„Du hättest dein Gesicht sehen sollen“, krähte sie, machte auf dem Absatz kehrt und schlenderte zurück zu ihrem Büro, während ihr Lachen noch nachhallte. Und ich blieb verunsichert und mit meinem fast noch vollen Tablett mit Kaffee zurück.

Wenn ich es nicht besser wüsste, könnte ich schwören, Bethany hätte versucht, mich zu provozieren – oder zu warnen. Wusste sie mehr als ich? Könnte sie zumindest eine Teilschuld an dem Vorfall tragen?

Schlagartig fühlte ich mich doch nicht mehr so sicher …

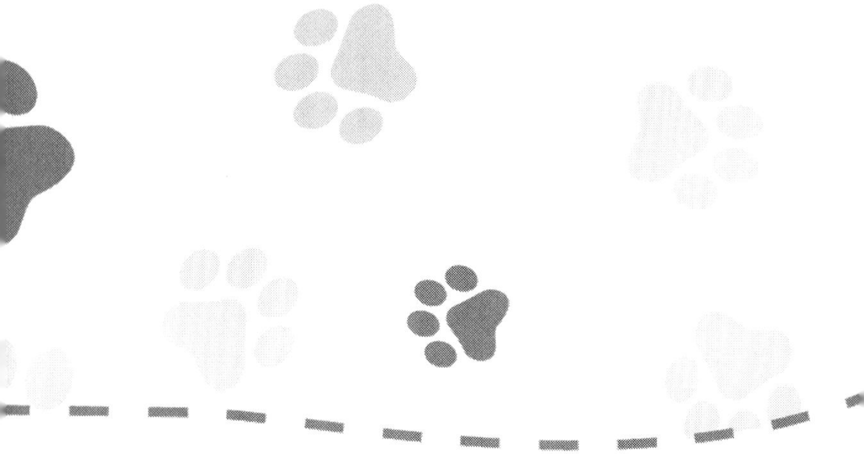

10

Etwa eine halbe Stunde später begannen auch die übrigen Anwälte einzutrudeln. Zu diesem Zeitpunkt hatte ich längst entschieden, dass ich nie wieder zu früh kommen würde. Mr. Thompson schickte mich nach seinem Erscheinen erneut zum Kaffee holen, aber dieses Mal gab er mir zumindest Bargeld mit, sodass ich nicht noch einmal selbst dafür aufkommen musste.

Als ich mit dem Tablett mit frischen, heißen Getränken in der Hand zurückkehrte, fand ich Diane Fulton in dem kleinen Wartebereich sitzend, eine Zeitschrift auf den überkreuzten Beinen.

„Oh, da bist du, Angie", sagte sie und schenkte mir ein verbittertes Lächeln. „Guten Morgen."

„Guten Morgen“, antwortete ich zögerlich und verlagerte mein Gewicht von einem Fuß auf den anderen. Normalerweise liebte ich Dianes Besuche, heute jedoch machte mich ihre Anwesenheit angesichts des seltsamen Verhaltens ihres Mannes und meines Verdachts einer möglichen Affäre irgendwie nervös.

Trotzdem setzte ich ein riesiges, falsches Lächeln auf. „Kann ich dir irgendwie helfen?“

Die Hände in ihrem Schoß zitterten und sie bemühte sich vergebens, die starken Emotionen zu verbergen, die in ihr zu wüten schienen. „Eigentlich bin ich nur kurz vorbeigekommen, um nach meinem Mann zu sehen, aber offensichtlich ist er nicht da. Ich dachte mir, ich warte einfach, bis du zurückkommst – möglicherweise kannst du mir ja sagen, wo ich ihn finde.“

„Tut mir leid, nein. Wenn er nicht in seinem Büro ist, habe ich keine Ahnung, wo er hingegangen sein könnte.“ Kurz zögerte ich, fragte dann jedoch: „Ist alles in Ordnung?“

Diane strich ihr normalerweise tadellos frisiertes Haar hinter die Ohren und schluckte hart, und erst da fiel mir auf, wie anders auch sie aussah. Statt ihren üblichen trendigen Designerblusen und Röcken trug sie ein altes T-Shirt, das zudem noch einen großen·Fleck quer über der Brust aufwies. Kombiniert hatte sie diese Monstrosität mit einer Trainingshose und ordinären Flip-Flops, von denen ich niemals vermutet hätte, dass sie sie überhaupt besitzt, geschweige denn, jemals in der Öffentlichkeit tragen würde.

Entschlossen stellte ich den Kaffee auf einem der Beistelltische ab und beugte mich zu ihr hinunter, da sie nun sichtlich mit den Tränen zu kämpfen hatte. „Du kannst mit mir über alles reden“, gurrte ich und fragte mich, ob ich ihr besser ein Taschentuch anbieten oder sie einfach in den Arm nehmen sollte.

„Es geht um Richard“, gestand sie unter Schluchzen. „Er ist gestern Abend nicht nach Hause gekommen und reagiert weder auf meine Anrufe noch auf meine Nachrichten. Ich weiß nicht mehr, was ich tun soll.”

Ich musste wieder an diesen Morgen denken. Noch nie zuvor hatte ich meinen Chef in einer derartigen Verfassung erlebt und Diane bestimmt ebenso wenig, darauf würde ich wetten.

„Weißt du was“, schlug ich vor und hoffte, ich würde das nicht noch bereuen, „Ich ruf dich an, sobald er wieder auftaucht.“

Sie riss die Augen auf und die zurückgehaltenen Tränen funkelten plötzlich vor Freude. „Oh, würdest du das wirklich tun? Das wäre mir eine enorme Hilfe."

„Selbstverständlich." Eigentlich verspürte ich wenig Lust, mich auch noch in ihr häusliches Drama einzumischen, konnte aber die Freundin in ihrer Stunde der Not doch nicht einfach allein lassen.

„Er hat sich schon die ganze letzte Woche über so seltsam verhalten", fuhr Diane fort, nachdem sie sich ein Taschentuch geschnappt und ausgiebig die Nase geputzt hatte. „Wir sind jetzt beinahe dreißig Jahre verheiratet, aber mit einem Mal benimmt er sich wie ein Fremder."

Da ich nicht wusste, was ich darauf entgegnen sollte, tätschelte ich ihr beruhigend die Schulter und lächelte sie beschwichtigend an. „Na, ich bin mir sicher, alles wird wieder gut. Er macht wegen des Todes seiner Tante wahrscheinlich gerade eine schwere Zeit durch, habe ich recht?"

Sie nickte. „Von der ganzen Familie habe ich Ethel immer am liebsten gemocht. Ich wünschte nur, wir hätten während ihrer letzten Tage mehr Zeit mit ihr verbracht. Irgendwie haben wir alle erwartet, sie würde ewig leben. Es war so ein Schock."

Nur zu gerne hätte ich sie nach der Dinnerparty gefragt, aber womit hätte ich diese Information rechtfertigen können? Stattdessen sagte ich nur: „Mein Beileid zu eurem Verlust."

Sie schnüffelte ein letztes Mal, steckte das gebrauchte Taschentuch in ihre Handtasche und rief aus: „Ach du meine Güte, jetzt halte ich dich auch noch von deiner Arbeit ab." Sie warf die Zeitschrift zurück auf den Couchtisch und stand auf, wobei sie erfolglos versuchte, ihr Outfit zu glätten. Dann lachte sie sarkastisch auf. „Ich bin das reinste Wrack. Vielleicht sollte ich mir einen Besuch im Beautysalon gönnen."

„Für mich klingt das nach einer perfekten Idee."

„Du versprichst, mich anzurufen, sobald er auftaucht?"

„Versprochen!" Zumindest das konnte ich tun. Aber den Mord aufklären? So allmählich begann ich, mir ernsthafte Sorgen zu machen, welche weiteren unappetitlichen Geheimnisse ich noch aufdecken würde, wenn ich weitergrub.

Diane nickte, blickte sich kurz im Büro um und überraschte mich dann, indem sie mich in die Arme zog. „Vielen Dank, Angie. Du hast ja keine Ahnung, wie sehr du mir geholfen hast."

Weniger als eine Minute später war sie verschwunden und ich verwirrter denn je.

Kurz darauf tauchte unser jüngster Mitarbeiter, Derek, aus dem Büro auf, das er sich mit Brad, einem anderen unserer blaublütigen, hochnäsigen Anwaltsanwärter teilte, und eilte schnurstracks auf den Kaffee zu. „Cool, danke“, sagte er, schnappte sich zwei der Becher, machte auf dem Absatz kehrt und ging zurück an seinen Schreibtisch.

Ich folgte ihm und ließ mich auf der Ecke des Tisches nieder, sodass keiner der beiden Männer mich ignorieren konnte. „Ihr wart doch gestern bei der Testamentseröffnung dabei, oder?“

Derek trank einen großen Schluck von seinem Kaffee. „Ich leider nicht, aber Brad war anwesend.“ Allzu glücklich schien er darüber nicht zu sein, aber ich hatte jetzt wirklich keine Zeit, mich mit seinen gekränkten Gefühlen auseinanderzusetzen, wo es noch so viel mehr über die Fultons herauszufinden galt.

Also blickte ich zu Brad hinüber und bemühte mich, ausschließlich Interesse an dem Fall zu zeigen und ihn nicht zu einem Flirt zu ermutigen. „Mir sind die verrücktesten Sachen zu Ohren gekommen. Was genau ist denn passiert?“

Er drehte sich in seinem Stuhl zu mir herum,

ein selbstgefälliges Grinsen im Gesicht. „Na ja, da war diese heiße Sekretärin, die einen Stromschlag abbekam und ins Krankenhaus gebracht werden musste."

Mein bisheriges Ich – das sich nicht auf die Detektivarbeit konzentrieren musste – hätte ihm entweder eine Ohrfeige verpasst, wohl wissend, dass es dafür seinen Job verlieren könnte oder wäre hinausgestürmt, ohne ihn auch nur eines weiteren Blicks zu würdigen. Brad hatte mich ein- oder zweimal, vielleicht sogar ein paar Dutzend Male, um ein Date gebeten, und jedes Mal hatte ich Nein gesagt. Ich würde immer wieder ablehnen, soviel war sicher.

Hinzu kam, dass er mich regelmäßig als Sekretärin der Firma bezeichnete, was mich so richtig ärgerte. Immerhin war ich Rechtsanwaltsfachgehilfin und daran änderte sich auch nichts, nur weil ich zufällig an den meisten Tagen Kaffee für alle besorgte. Außerdem war ich mir ziemlich sicher, dass er sein Jurastudium nur aufgrund von Beziehungen seines Vaters abgeschlossen hatte, wohingegen ich alles, was ich beruflich vorweisen konnte – was zugegebenermaßen nicht viel war – aus eigener Kraft erreicht hatte.

Also biss ich die Zähne zusammen und zwang

mich zu einem Lächeln. „Danach, meine ich?" So unangenehm ich Brad auch fand, zumindest konnte ich mich darauf verlassen, dass er stets versuchte, mich zu beeindrucken. Er besaß eine wesentlich lockere Zunge als die meisten der anderen, eher wortkargen Anwälte, und genau darauf setzte ich in diesem Moment.

Er räusperte sich, rückte seine Krawatte zurecht, streckte den Rücken durch und verriet mir: „Die Alte hat fast alles ihrer Katze hinterlassen. Und eine Dame verlor völlig die Fassung, als sie das hörte."

Oha, jetzt kamen wir der Sache endlich näher!

„Welche Dame?", fragte ich und zog neugierig eine Augenbraue in die Höhe.

Er verzog das Gesicht zu einer Grimasse. „Sie war klein, hatte graue Haare und war ziemlich altmodisch gekleidet. Wenn ich es richtig verstanden habe, war sie die Nichte?"

Das klang verdammt nach der Person, der Octocat und ich am Abend zuvor in Ethels Haus begegnet waren. „Was hat sie dann getan, als sie das herausfand?"

„Sie fing an, all diese Obszönitäten herauszubrüllen, wies darauf hin, wie sehr sie sich all die

Jahre um Ethel gekümmert hätte, während diese Katze nie etwas anderes tat, als ein paar Mäuse zu fangen und in eine Kiste zu kacken. Von daher war sie der Meinung, das Geld würde *ihr* zustehen."

Ich lachte und beschloss, mir diese Beleidigung aus zweiter Hand einzuprägen, um sie später an Octocat weiterzugeben. „Was haben die anderen dazu gesagt?"

„Im Grunde nur, sie solle sich abregen. Danach setzte sie sich schnell wieder hin und hielt die Klappe, aber sobald alles vorbei war, ist sie, so schnell wie ihre Füße sie tragen konnten, davongeeilt."

Ich lachte und versuchte mein Bestes, um mir dieses Fiasko bildlich vorstellen. „Klingt, als hätte ich eine ziemlich gute Show verpasst."

Geschwind sprang Brad auf und öffnete in einer fließenden Bewegung seinen Kragen. Seiner Meinung nach sah das bestimmt sexy aus, ich jedoch fand es nur lächerlich grotesk. „Ich kann dir gerne bei einem gemeinsamen Abendessen eine Zusammenfassung der Ereignisse geben."

Gähnend schüttelte ich den Kopf. „Vielen Dank, aber ich muss leider passen."

Trotz seines offensichtlich verletzten Egos

zuckte er nur mit den Schultern und so allmählich glaubte ich, dass er über abgefahrene Heilkräfte verfügte, wie etwa Wolverine oder das Cheerleader-Mädchen aus *Heroes.* Keiner der Schläge, die er einstecken musste, schien ihm wirklich was anhaben zu können.

„Bis später, Jungs", verabschiedete ich mich mit einem höflichen Nicken in Dereks Richtung, den ich schon immer viel mehr gemocht hatte als Brad. Andererseits mochte ich jeden im Büro lieber als diesen aufgeblasenen Typen, außer vielleicht Bethany. Diese zwei belegten auf der Liste meiner Lieblingskollegen die letzten Plätze.

Vielleicht, wenn sie keine Affäre mit Mr. Fulton hätte, könnte sie doch ihn als möglichen Verehrer in Betracht ziehen. Das wäre einerseits genial, um ihn von mir abzulenken, konnte andererseits aber auch in einem Alptraum ausarten, wenn die beiden sich zusammentaten.

Als ich zurück zur Anmeldung kam, musste ich feststellen, dass, während ich mit den beiden Jungs über die gestrige Testamentseröffnung geplaudert hatte, sämtliche To-Go-Becher verschwunden waren. Das bedeutete entweder, dass jemand besonders gierig war oder Mr. Fulton sich tatsächlich noch irgendwo hier herumtrieb und sich bewusst vor seiner Frau versteckt hatte.

Ich atmete tief ein und entschloss mich, in sein Büro zu gehen. Niemand reagierte auf mein Klopfen, aber da die Tür nur angelehnt war, schob ich mich vorsichtig hinein. Klar wusste ich, dass es falsch war zu schnüffeln, aber es war ebenso falsch zu morden – und ich musste zumindest versuchen, den Schuldigen zur Rechenschaft zu ziehen.

Nach den heutigen, denkwürdigen Begegnungen, zuerst mit meinem Boss und dann mit seiner Frau, erhärtete sich mein Verdacht, dass an den Händen dieses ansonsten so freundlichen Mannes Blut kleben könnte, was den Einbruch in sein Büro natürlich noch riskanter machte.

Ich bewegte mich langsam durch den Raum, bereit, beim ersten Anzeichen von Gefahr – oder Mr. Fultons Rückkehr – zu flüchten. Auf den ersten Blick erschien alles normal. Dann jedoch bemerkte ich einen Streifen von leuchtendem Lila, der aus einem Haufen unter seinem Schreibtisch hervorspitzte. Ich schob den Stuhl zurück und beugte mich hinunter, um ihn mir genauer anzuschauen.

Das Teil stellte sich als spitzenbesetzter Seiden-BH heraus, viel schicker als alles, was ich jemals tragen würde und viel zu sexy für Diane. Konnte das bedeuten …?

Eigentlich wollte ich nicht das Schlimmste über meinen Chef denken, aber da ich ihn bereits des Mordes verdächtigte, war ein Ehebruch im Vergleich dazu nicht allzu weit hergeholt.

So einfach es auch wäre, die ganze Sache auf den offensichtlichsten und unmittelbaren Verdächtigen zu schieben, fiel es mir doch schwer, mir meinen Lieblingsboss als Mörder einer liebenswürdigen, alten Katzendame vorzustellen.

Es machte einfach keinen Sinn. Er schien immer so ein netter Kerl zu sein, sogar oder insbesondere für einen Anwalt. War all das nur Show gewesen, um uns einzulullen und von seiner Schuld abzulenken?

Aber warum dann gerade jetzt?

Warum sollte er seine Tante umbringen? War es ein eiskalter, kalkulierter Schlag gewesen oder eher ein spontaner Akt? Eigentlich musste es doch von langer Hand geplant sein, wenn man jemandem Gift ins Essen mischte. Wenn er diese schreckliche Sache wirklich verübt – sie bewusst und vorsätzlich ausgeführt hatte – warum war er dann gerade jetzt so angespannt?

Ich konnte mir einfach keinen Reim darauf

machen, eines jedoch war sicher: So schnell wie möglich raus hier, bevor man mich mit diesem neu gefundenen Beweisstück auf frischer Tat ertappte. Sicher, wofür genau es ein Beweis war, blieb abzuwarten, aber die Wahrheit würde eh bald genug ans Licht kommen, und wenn ich es erzwingen musste.

11

Mr. Fulton tauchte auch den restlichen Tag nicht mehr auf, was meinen Verdacht nur noch weiter erhärtete. Kurz vor Ende meines Dienstes rief Diane an, um sich nach dem Stand der Dinge zu erkundigen und es tat mir wahnsinnig leid, sie aufgrund von Mangel an Neuigkeiten enttäuschen zu müssen.

Auf dem Heimweg kurbelte ich mein Autofenster herunter und ließ mir die kühle Meeresbrise um die Nase wehen. Es war so was von angenehm, zur Abwechslung mal in Ruhe fahren zu können, ohne dass sich Krallen in meinen Oberschenkel bohrten. Apropos Krallen – ich konnte nur hoffen, dass Octocat während meiner Abwesenheit nichts angestellt hatte.

Ein paar Minuten später bog ich in den gekiesten Parkplatz vor meiner Mietwohnung ein, atmete noch mal so viel frische Luft wie möglich ein und betrat in Erwartung des Schlimmsten meine Wohnung.

Octocat kam direkt an die Tür und begrüßte mich, indem er sich an meinem Hosenbein rieb und mit seinem Schwanz hin und her schlug. „Du warst Ewigkeiten weg!"

Kurz war ich versucht, mich zum ihm hinunterzubeugen, um ihn zu streicheln, wollte ihm aber nicht gleich nach meiner Rückkehr die Laune verderben. „Nur ein wenig länger als sonst, wenn ich von neun bis fünf arbeite, also keine Ewigkeit", erklärte ich.

„Neun bis fünf? Klingt für mich wie eine Gefängnisstrafe." Das kam meinem Alltag schon ziemlich nahe.

„Ja, damit hast du nicht mal so unrecht", gab ich zu und seufzte müde auf.

„Warum tust du dir das dann überhaupt an?" Er setzte sich hin und studierte mich interessiert, dieses Mal, ohne zu zischen, mit dem Schwanz zu zucken oder seinem Unmut auf andere Art und Weise Luft zu machen. Hatte mir jemand während meiner Abwesenheit womöglich einen Wechselbalg untergejubelt? Das war definitiv nicht mehr der mürrische Kater, den ich kennen und hassen gelernt hatte.

Als Erklärung rieb ich Zeigefinger und Daumen aneinander. „Ausschließlich wegen der Kohle, Baby. Was ist eigentlich mit dir los? Sag bloß, du hast mich vermisst?“ Eigentlich wollte ich nicht riskieren, dass er sich wieder in eine gestreifte Version von Grumpy Cat verwandelte, aber ich musste es einfach wissen.

Er zuckte nur mit den Schultern. „Ich bevorzuge es, wenn du in meiner Nähe bist, für den Fall, dass ich frisches Evian brauche oder Hilfe bei einem besonders kniffligen Fellknoten.“

Seine Erklärung brachte mich zum Lachen. „Gott sei Dank hast du es überlebt.“

Er grinste wie ein Honigkuchenpferd, fuhr dann jedoch streng fort, „Apropos, es ist Zeit für mein Abendessen.“

Salutierend schlug ich die Hacken zusammen und begab mich in die Küche. Nachdem ich ihm ein frisches Stück Pastete hingestellt und seine Tasse mit Evian gefüllt hatte, lobte ich ihn, was für ein guter Kater er sei, so wie er es mir am Morgen aufgetragen hatte.

Nach Beendigung seiner Mahlzeit sprang er auf

die Theke und sagte: „Gut gemacht. Du darfst mich jetzt streicheln."

„Ähm, okay." Es fühlte sich seltsam intim an, mit den Fingern durch sein braunschwarzes Fell zu fahren und ihn vom Scheitel bis zum Ansatz seines Schwanzes zu liebkosen. Und noch seltsamer war das Schnurren, das er daraufhin von sich gab.

„Das reicht", meinte er nach einer kurzen Weile. „Ich weiß, dass du das schon lange tun wolltest und – *hey* – du hast es dir wirklich verdient. Aber jetzt hör bitte wieder auf damit, sonst muss ich dich beißen."

Ich riss meine Hand schneller weg als man *Junge, Junge* sagen konnte und sprach es sicherheitshalber auch noch mal laut aus.

Octocat sprang zurück auf den Boden und führte mich in das Wohnzimmer, wo noch immer der Kinderkanal lief, den ich ihm heute früh eingestellt hatte. „Hast du heute viel gelernt?", erkundigte ich mich schmunzelnd.

Er gähnte und nickte. „Zwischen diversen Nickerchen, ja."

„Willst du mich gar nicht fragen, wie mein Tag war?" Ich konnte es kaum erwarten, seine Gedanken zu Mr. Fulton zu hören sowie zu der Tatsache, dass er verschwunden zu sein schien.

„Auf die Idee bin ich noch gar nicht gekommen“, gab er zu und gähnte erneut. „Außerdem gibt es noch so viel mehr über meinen zu berichten.“

„Okay, Entschuldigung. Bitte, leg los.“ Ich setzte mich auf die Couch und forderte ihn auf, mir von den vielen, unterschiedlichen Begebenheiten zu erzählen, die seinen Tag angefüllt hatten. Das war das Mindeste, was ich tun konnte, nachdem er es wider Erwarten geschafft hatte, nicht alle meine Besitztümer in einer Art irrationalem Wutanfall zu zerstören.

Er sprang auf den Couchtisch, lief aufgeregt hin und her und berichtete in einer unglaublichen Geschwindigkeit von seinen Erlebnissen. „Zuerst wachte ich hungrig auf, wie das so oft der Fall ist. Es dauerte eine Weile, bis ich dich aus dem Bett locken konnte und sogar noch länger, bis ich dir beigebracht hatte, wie du mir mein Morgenmahl richtig servierst. Alles in allem würde ich dir für diese Anstrengung eine Drei geben – durchschnittlich, aber nichts Besonderes.“

„Na klasse. Können wir diesen Part bitte überspringen?“, bat ich irritiert. Noch nie zuvor hatte ich jemanden getroffen, bei dem die Stimmung so schnell kippte wie bei diesem Kater. In einem

Moment begrüßte er mich schon fast liebevoll an der Tür, und im nächsten beleidigte er mich. Diese Inkonsistenz schien ein Grundzug seines Charakters zu sein. Zumindest konnte ich dadurch sicher sein, dass er mir immer genau das sagte, was ihm gerade im Kopf herumging. Das hatte auch etwas für sich, vor allem, wenn es darum ging, einen mysteriösen Mord aufzuklären.

Octocat nahm seine Wanderung wieder auf und glich die Redegeschwindigkeit seinen schnellen Schritten an. „Nachdem du weg warst, habe ich dem Cartoon-Mädchen dabei zugesehen, wie sie mit Hilfe der Gegenstände in ihrem Rucksack Rätsel gelöst hat. Wir sollten uns ebenfalls solch einen Rucksack zulegen, der bei unserem Fall durchaus hilfreich sein könnte. Oh, und eine Landkarte."

Ich schmunzelte, was anscheinend die falsche Reaktion auf seinen Vorschlag war.

„Das war absolut ernst gemeint", sagte er und seine bernsteinfarbenen Augen bohrten sich in meine blauen. „Ich habe auch so einiges über Ananas unter dem Meer und andere Merkwürdigkeiten der menschlichen Welt erfahren. Jetzt verstehe ich eure Sprache schon viel besser, eure Spezies jedoch noch weniger. Wieso habt ihr

Sendungen über einen Meeresschwamm und seine Hausschnecke? Warum konzentriert ihr euch nicht lieber auf eure eigene oder zumindest auf eine überlegene Gattung Lebewesen, wie etwa den *Felis catus?*“

„Diese Frage kann ich dir leider auch nicht beantworten. Menschen tun ständig seltsame Dinge, wie einen Mord begehen oder eine Affäre anfangen. Du wirst nicht glauben, was ich heute im Büro herausgefunden habe.“

„Oh, ich bin sicher, ich werde es glauben. Ihr Menschen seid ziemlich vorhersehbar“, informierte er mich, ließ seinen Hintern auf den Couchtisch plumpsen und zuckte unheilvoll mit dem Schwanz. „Aber zuerst muss ich dir noch vom Rest meines Tages erzählen.“

Noch mehr? Wie viel mehr konnte sich denn bitte noch ereignet haben?

Ich war nicht wirklich scharf auf die Zusammenfassung sämtlicher Zeichentrickfilme, die er sich den Tag über reingezogen hatte, vor allem nicht, wenn es bedeutendere Dinge zu besprechen gab. Dennoch schien es ihm wichtig zu sein, dass ich ihm meine ungeteilte Aufmerksamkeit schenkte; also lehnte ich mich in die Sofakissen zurück und deutete ihm an fortzufahren.

„Zuerst habe ich versucht, auf der Rückenlehne der Couch ein Nickerchen zu machen, aber für meinen Geschmack war sie zu klumpig. Nachdem ich die Räumlichkeiten durchforstet hatte, fand ich die perfekte Stelle, wo die Sonne auf den Teppich schien und ihn wunderbar erwärmte. Dort habe ich ungefähr eine Stunde lang vor mich hingedöst, bis die Schatten länger und der Fleck somit unbefriedigend wurde."

Er schien darauf zu warten, dass ich etwas sagte, also stieß ich ein *Natürlich* hervor.

Zufrieden fuhr er fort: „Dann begab ich mich in dein Schlafzimmer und entdeckte eine nette Decke, aus der ich mir so was wie eine Höhle baute. Leider konnte ich, als ich erwacht war und mir ein Fellknäuel die Luftröhre verstopfte, nicht mehr rechtzeitig nach unten springen. Du solltest also noch eine Ladung Wäsche waschen, bevor du dich heute Nacht zur Ruhe begibst."

Dieser blöde Kater hatte auf meine Tagesdecke gekotzt? *Widerlich.* Zumindest hatte er es mir gebeichtet, anstatt es mich selbst entdecken zu lassen. Zum Glück geschahen noch kleine Wunder.

„Als du nach Hause kamst, hast du mich gefüttert, und dieses Mal hast du dich schon wesentlich besser angestellt. Dafür sollte ich dir eine Eins minus geben. Jetzt sind wir hier, und wie sich der Rest des Abends entwickelt, bleibt abzuwarten."

„Klingt nach einem verdammt anstrengenden Tag", fasste ich sarkastisch zusammen.

Er zwinkerte mir zu, schien jedoch den Humor nicht zu verstehen. „Ja, aber alles in allem nicht schlecht, in Anbetracht ..."

Kurz überlegte ich, ob ich ihn fragen sollte, was er damit meinte, entschied dann aber, mich lieber nicht auf ein weiteres, ellenlanges Gespräch über die Feinheiten des täglichen Katzenlebens einzulassen. Immerhin mussten wir auch noch besprechen, worüber ich im Büro gestolpert war. „Darf ich dir jetzt von meinem Tag erzählen?"

„Es dürfte schwer sein, meinen zu toppen, aber bitte sehr – versuch es."

Für mich klang das so, als ob er sich tatsächlich bei mir wohlfühlte, und aus irgendeinem Grund schwoll mein Herz an vor Stolz. Vielleicht sehnte ich mich, ähnlich wie Brad, nach Zuneigung von jemandem, der nicht so ohne weiteres dazu bereit war, diese zu geben. Octocats Freundlichkeit fühlte sich an wie eine Belohnung, die ich mir für gutes Betragen verdient hatte, und ich saugte sie regelrecht auf.

Ohne zu sehr ins Detail zu gehen – ich wusste

ja, wie schnell er das Interesse verlieren konnte – rekapitulierte ich die Ereignisse meines Tages und endete mit dem lila BH, den ich in Mr. Fultons Büro entdeckt hatte.

Er schüttelte nur den Kopf. „Und die Menschen denken doch tatsächlich, wir sind es, die kastriert werden müssten. Immerhin machen wir nur Kätzchen und keinen Ärger."

Da konnte ich ihm nur zustimmen. „Überrascht es dich, dass Mr. Fulton eine Affäre haben könnte?"

„Nicht wirklich, aber ich kenne ihn nicht sehr gut und was es mit menschlichen Ehen auf sich hat, verstehe ich sowieso nicht. Diese winzigen Bänder, die ihr an euren Fingern tragt, die sind doch wie ein Microchip, oder? Du kannst versuchen wegzulaufen, aber sie werden dich immer wieder finden und zurück nach Hause bringen. Frustrierend."

„So in etwa", stimmte ich zu und bemühte mich, mein Lächeln zu verbergen. „Glaubst du, dass er derjenige sein könnte, der Ethel vergiftet hat?"

Octocat dachte lange darüber nach. „Er ist derjenige mit den grauen Haaren und der extra Polsterung, nicht wahr?"

Mr. Fulton war fit und schlank und hatte fast

noch komplett braunes Haar. Irgendetwas passte da nicht zusammen. „Redest du von der Frau, die wir gestern bei dir zu Hause gesehen haben?"

„Ja! Das war Mr. Fulton, oder?"

„Äh, nein, das war Ethels Nichte. Kannst du Männer und Frauen wirklich nicht auseinanderhalten?"

„Ich habe dir doch bereits erklärt, dass alle Menschen für mich gleich aussehen. Kannst du denn auf den ersten Blick erkennen, ob eine Katze männlich oder weiblich ist?"

Okay, damit hatte er natürlich recht, also beschloss ich, ihm ein wenig Zeit zum Nachdenken zu lassen.

Während er überlegte, klopfte er mit dem Schwanz und sagte dann: „Ich nehme nicht an, dass du beschreiben kannst, wie dieser Mr. Fulton riecht? Das würde die Sache für mich ungemein erleichtern."

„Äh, nein, nicht wirklich." Ich schüttelte den Kopf, um das Bild vor meinem inneren Auge zu löschen, wie ich versuchte, heimlich an meinem Chef zu schnüffeln.

Er zuckte mit den Schultern und begann mit seiner gewohnten Säuberung. Ich wiederum ließ mich in die Kissen sinken und seufzte, etwas, was ich in letzter Zeit ziemlich häufig zu tun pflegte. „Dann ist schätzungsweise nichts von dem, was ich dir sagen kann, von Wert, weil du nicht einmal weißt, von wem ich rede. Wie in aller Welt sollen wir diese Sache aufklären, wenn wir nicht einmal richtig miteinander kommunizieren können?"

Es kam mir wie eine grausame Fügung des Schicksals vor, dass ich irgendwie die Fähigkeit erlangt hatte, mit Tieren zu sprechen, diese Gabe jedoch nicht nutzen konnte, um tatsächlich etwas zu erreichen. Irgendjemand da oben musste sich gerade über uns beide kaputtlachen.

„Du könntest mich mit ins Büro nehmen", forderte Octocat mich mit einem verschmitzten Grinsen heraus.

„Kommt überhaupt nicht in Frage und ich habe dir auch schon erklärt, warum nicht." Noch immer hatte ich keine Ahnung, warum er unbedingt mit in die Firma kommen wollte, aber das war ein Punkt, bei dem ich nicht gewillt war nachzugeben.

Er sah gelangweilt aus, als er vorschlug: „Okay, wie wäre es dann morgen auf der Trauerfeier?"

Ruckartig fuhr ich hoch. „Eine Trauerfeier? So was wie dieses Ding, das vor einer Beerdigung stattfindet?"

„So habe ich das zumindest verstanden. Die

Menschen haben gestern darüber diskutiert, in der Zeit, wo du weg warst, bis du wiedergekommen bist." Er meinte bestimmt, während ich im Krankenhaus war. Anscheinend hatte es niemanden sonderlich berührt, dass ich dem Tod nahe war, nicht mal meinen neuen Freund, die sprechende Katze. Zwar versuchte ich, meine verletzten Gefühle nicht zu zeigen, aber herrje ... Man sollte doch denken, dass zumindest irgendjemand sich nach dieser Aktion Sorgen um mich gemacht hätte.

„Ich weiß noch nicht wie", sagte ich und zwang mich, mich wieder auf die Sache zu konzentrieren, „aber ja. Irgendetwas werde ich mir einfallen lassen, um dich dorthin mitzunehmen. Da der Killer jemand war, den Ethel gut genug gekannt haben musste, um ihn zum Abendessen einzuladen, wird dieser Typ mit Sicherheit auch an der Totenfeier teilnehmen. Und wir beide ebenfalls."

„Ich hatte gehofft, dass du das sagen würdest", erwiderte er augenzwinkernd. „Wenn du mich jetzt bitte entschuldigen würdest? Ich müsste mal dem Katzenklo einen Besuch abstatten."

12

Am nächsten Tag schlich ich mich zeitig aus der Arbeit nach Hause, damit Octocat und ich uns auf die Trauerfeier vorbereiten konnten, die am frühen Abend stattfinden sollte. Mr. Fulton war an diesem Tag überhaupt nicht aufgetaucht, was es mir ziemlich schwer machte, weitere Nachforschungen über seine Mittel und Motive anzustellen. Je länger er jedoch wegblieb, desto misstrauischer wurde ich.

So oder so würde ich einen Weg finden müssen, um mehr in Erfahrung zu bringen. Vielleicht könnte ich mich zu ihm nach Hause einladen, unter dem Vorwand, Diane besuchen zu wollen. Möglicherweise würde aber auch die Trauerfeier alles aufdecken, was ich wissen musste. Ich hoffte auf Letzteres.

Das Wissen, dass ein Mörder frei herumlief – und dass es sich dabei höchstwahrscheinlich um jemanden handelt, den ich persönlich kannte – hatte mir die letzten zwei Tage den Schlaf geraubt. Wenn man dann noch die frühmorgendlichen Weckrufe von Octocat hinzunahm, könnt ihr euch sicher vorstellen, dass ich mittlerweile einem Zombie glich.

Bis wir genug Beweise gesammelt hatten, um zur Polizei gehen zu können, musste ich einfach viel, viel mehr Kaffee trinken – eine weitere Ironie des Schicksals, wenn man bedenkt, dass ich meine Fähigkeit, mit Tieren zu sprechen, überhaupt erst dadurch erlangt hatte. Allerdings versuchte ich, mich nicht zu sehr mit meiner Nahtoderfahrung zu beschäftigen. Ethel Fultons Tod hatte jetzt Vorrang.

Auf dem Nachhauseweg hielt ich noch schnell beim örtlichen Second-Hand-Laden an, um mir ein passendes Traueroutfit zu besorgen. Ich fand auch eine übergroße Umhängetasche, die mir für den abendlichen Einsatz perfekt erschien. Obwohl deren hellbraunes und schwarzes Korbdesign ein wenig nach Sommer, Sonne und Strand aussah, würde sie Octocats pelzigen Körper perfekt verbergen und es mir so ermöglichen, ihn unbemerkt in das Bestattungsinstitut hinein und auch wieder dort hinauszuschmuggeln.

„Das Teil stinkt“, beschwerte er sich und zuckte mit dem Schwanz, als ich ihm kurze Zeit später meine Idee präsentierte.

Obwohl ich beinahe damit gerechnet hatte, dass ich meinem verwöhnten Katzenfreund diese gebrauchte Tasche nicht leicht würde verkaufen können, runzelte ich enttäuscht die Stirn. „Wenn dir nichts Besseres einfällt, befürchte ich, dass wir unseren Plan vergessen können.“

„Ich wurde zur Testamentseröffnung eingeladen; warum nicht auch zur Trauerfeier?“ Seine Oberlippe zitterte und er stieß ein klägliches, schwaches, wimmerndes Geräusch aus. Das erweckte mein Mitleid, auch wenn es nichts schaden konnte, wenn sein Ego mal ein paar Schrammen abbekam.

„Tja, ich habe die Regeln nicht gemacht“, erklärte ich. „Es ist zwar eine öffentliche Veranstaltung, was bedeutet, dass so ziemlich jeder willkommen ist, aber trotzdem befürchte ich, dass sie uns beide rausschmeißen könnten, wenn sie dich erblicken. Das ist nun mal eine normale, menschliche Reaktion, wenn eine Katze an einem öffentlichen Ort auftaucht, zudem noch eine, die aufgrund einer ganz simplen Autofahrt komplett neben sich steht."

Jetzt hatte ich ihn wütend gemacht, aber immerhin besser als traurig, fand ich.

„Du hast doch selbst gesagt, ich hätte mich schon gebessert", erinnerte er mich knurrend.

Stimmt, das hatte ich ihm vorgestern auf dem Heimweg von Ethels Anwesen bestätigt, aber es war nur eine höfliche, kleine Lüge gewesen, um ihn aufzubauen.

„Ja, das ist richtig", bestätigte ich, war allerdings nicht bereit, ihm jetzt auch noch die Feinheiten menschlicher Umgangsformen zu erklären, da uns die Zeit davonlief.

Also ließ ich ihn erst mal schmollen und zog mir mein neu erworbenes Outfit an. Ob es nun sarkastisch gemeint war oder nicht – Bethany hatte absolut recht damit, dass der Kleiderkreisel eine großartige Adresse war, um Sachen innerhalb meines Budgets zu finden. Das neue, schwarze Kleid reichte bis knapp unters Knie und konnte sowohl auf einer Cocktail-Party wie auch zu einer Beerdigung getragen werden.

„Lass uns gehen", sagte ich, eilte zurück ins

Wohnzimmer und deutete auf den geflochtenen Korb.

Octocat riss entsetzt die Augen auf. „Ich muss doch nicht gleich da hinein, oder? Kann ich nicht wenigstens warten, bis wir in der Leichenhalle angekommen sind?“

„Auf keinen Fall! Ich will kein Risiko eingehen.“ Mit diesen Worten stützte ich eine Hand in die Hüfte; mit der anderen hielt ich die Tasche auf. „Rein mit dir!“

Zwar zischte und knurrte er, gab aber dann doch klein bei.

„Braves Kätzchen“, lobte ich ihn.

Erneut zischte es aus dem Beutel zu mir herauf. „Ich habe dich gewarnt, was diese Bezeichnung anbelangt.“

„Ja, schon gut“, murmelte ich, zog die Haustür hinter mir zu und schloss ab. „Aber immerhin hast du auch schon auf mein Bett gekotzt, also dachte ich, ich dürfte mich dafür revanchieren.“

„Da hast du falsch gedacht“, entgegnete er, streckte seinen Kopf aus der Tasche heraus und schaute mich finster an.

Lachend stellte ich seinen provisorischen Träger auf den Boden des Beifahrersitzes und fuhr los. Ein- oder zweimal versuchte er, aus der Tasche in den sicheren Hafen meines Schoßes zu flüchten, aber jedes Mal gelang es mir, ihn zurück in sein Versteck zu drücken.

„Ich hasse dich abgrundtief“, knurrte er, nachdem wir endlich angekommen waren.

„*Psst*“, warnte ich ihn. „Niemand darf wissen, dass du hier bist.“

Glücklicherweise ermöglichte ihm die Webart der Tasche ein wenig Überblick, ohne dass man ihn selbst darin erahnen konnte. So sehr ich den Mörder auch dingfest machen wollte, fand ich auch, dass Octocat es verdient hatte, Ethel die letzte Ehre zu erweisen. Immerhin war sie ihm sein ganzes Leben lang eine treue Begleiterin gewesen und ich wusste, wie sehr er sie vermisste.

„Denk immer an unseren Plan“, murmelte ich, ohne meine Lippen zu bewegen. Womöglich lag mein über all die Jahre verborgenes Talent ja in der Bauchrednerei – damit sollte ich mich auf jeden Fall später noch genauer befassen.

„Wenn du jemanden siehst – oder, ähm, riechst –, der auf der Abendparty war“, fuhr ich fort, „fahr mit deinen Krallen durch den Stoff und tippe mir auf den Arm. Und vergiss nicht, dass dies das einzige Mal ist, dass ich dir die Erlaubnis gebe, mich zu kratzen.“

„Gebongt. Jetzt aber lass uns bitte dies hier hinter uns bringen. Das Teil stinkt widerlich.“ Er war nicht der Einzige, der lieber zu Hause sein wollte, aber anscheinend musste ich jetzt für uns beide stark sein.

Ich hievte die Tasche weiter auf meine Schulter und schritt mit einer Zuversicht vorwärts, die niemand bei jemandem, der heimlich eine sprechende Katze in seiner Tasche versteckt hielt, vermutet hätte. Kaum waren wir eingetreten, starrte mich bereits die erste vertraute, faltige Visage an und ich bekam Gänsehaut, vor allem nach dem, was Brad mir über ihren Wutanfall bei der Testamentseröffnung erzählt hatte.

„Sie kenne ich doch“, sagte ich und ging auf sie zu. „Wie war noch mal gleich Ihr Name?“

Sie schaute sich verstohlen um und murmelte: „Anne Fulton“.

Genau in diesem Moment bohrte Octocat seine Krallen in das weiche Fleisch unter meinem Arm.

„Autsch“, rief ich aus, fing mich dann jedoch schnell wieder, kicherte nervös und sagte: „Ich meinte – Sie kannten Ethel?“

„Sie war meine Tante“, entgegnete Anne und bestätigte damit das, was ich bereits wusste.

„Mein herzliches Beileid zu Ihrem Verlust“,

sagte ich, senkte den Kopf und machte mich schleunigst aus dem Staub. Das Letzte, was ich brauchte, war, den ganzen Abend diese seltsame, launische Einbrecherin an meiner Seite zu haben. Andererseits trafen all diese Dinge auf mich ebenfalls zu. Vielleicht hatten Anne und ich mehr gemeinsam, als ich zuzugeben bereit war.

Die Tasche lastete schwer auf meiner Schulter und brachte mich auf den Gedanken, dass mein tierischer Freund vielleicht von einer Diät profitieren könnte – oder ich von regelmäßigem Krafttraining.

Ohne Skrupel zwängten wir uns zwischen den Gästen hindurch und machten uns auf den Weg zum Sarg.

Dort lag Ethel Fulton auf einem Bett aus hellrosa Seide, ihre kurze Frisur zu einem perfekten Heiligenschein gelockt, ihr Make-up schwer, aber elegant. Zwar hatte ich sie zu Lebzeiten nicht gekannt, aber ihren toten Körper so zur Schau gestellt zu sehen, machte mich irgendwie traurig.

Octocat kratzte mich ein zweites Mal, und es tat verdammt weh. „Ja“, zischte ich leise, „Ethel war natürlich auch auf ihrer eigenen Dinner-Party, das ist mir schon klar.”

Er stieß ein leises Knurren aus und murmelte nur: „Gefahr von hinten“.

Ich drehte mich herum, widerstand dem Drang, meinen Arm auf kleine, blutige Striemen zu untersuchen und sah mich Diane gegenüber, die ein einfaches, schwarzes Etuikleid mit einem dezenten, dazu passenden Pillbox-Hut trug.

„Oh Angie“, rief sie und fiel mir so schnell um den Hals, dass mir beinahe die Tasche von der Schulter gerutscht wäre. „Was bin ich froh, ein freundliches Gesicht zu sehen.“

Eine gefühlte Ewigkeit klammerte sie sich an mir fest, schluchzte und erzählte von all den guten Zeiten, die sie mit Ethel erlebt hatte. „Als ich eine junge Braut war, nahm mich Ethel unter ihre Fittiche und brachte mir alles bei, was ich wissen musste, um ein gutes Heim zu führen und meinen Mann glücklich zu machen.“ Erneut brach sie in hysterischen Schluchzen aus. „Oh, du hast bestimmt gerade im Moment keinen Nerv für so etwas.“

„Na, na“, sagte ich, klopfte ihr beruhigend auf den Rücken und betete, sie würde endlich von mir ablassen.

Urplötzlich verkrampfte sie sich in meinen

Armen und riss sich los, als hätte sie sich verbrannt – oder einen Stromschlag abgekommen.

Als ich mich ebenfalls umwandte, um nach der Ursache für ihr merkwürdiges Verhalten zu forschen, entdeckte ich am Eingang des Beerdigungsinstituts Mr. Fulton. Dicht neben ihm stand Bethany.

„Ich muss gehen“, schluchzte Diane und flüchtete, noch bevor ich die Chance hatte, sie aufzuhalten.

Sofort flammten wieder die Visionen des purpurnen BHs in seinem Büro vor meinen Augen auf. Jetzt, da ich genauer darüber nachdachte, war ich mir sogar ziemlich sicher, dass er Bethanys Größe gehabt hatte. Angewidert beobachtete ich, wie unser Chef ihr die Hand auf den Rücken legte und sie in Richtung des offenen Sarges führte, wobei sie ihre Intimität für alle offen zur Schau stellten.

Oh, arme Diane!

Sie war gekommen, um sich von einer geliebten Verwandten zu verabschieden und ihr Mann stellte sie vor versammelter Mannschaft bloß.

Wartend blieb ich neben dem Sarg stehen und fragte mich, ob sie überhaupt versuchen würden, ihr Verhalten zu rechtfertigen. Octocat steckte seine

Krallen durch das Geflecht des Beutels und grub diese winzigen Nagelspitzen erneut tief in mich hinein, um mich auf die Tatsache aufmerksam machte, dass Mr. Fulton in der Mordnacht tatsächlich anwesend war.

Damit hatten wir schon mal drei der fünf Gäste identifiziert. Anne hatte er bereits ausgeschlossen und Diane zu verdächtigen, stand für mich außer Frage. Damit beschränkte sich der Kreis der Verdächtigen auf genau drei Personen. Entweder Mr. Fulton oder einer der verbliebenen, mysteriösen Besucher hatte die Tat begangen – und es sah immer mehr danach aus, als ob er unser Mann wäre.

„Angie", begrüßte er mich mit einem traurigen Lächeln und ließ von Bethanys Rücken ab, als er sich mir näherte. „Vielen Dank, dass Sie gekommen sind, um meiner Tante die letzte Ehre zu erweisen."

Bethany nickte kurz, sagte aber nichts.

„Das war doch das Mindeste, was ich tun konnte", sagte ich, ohne zu wissen, was ich damit eigentlich meinte.

Trotzdem wurden meine Worte anscheinend gut aufgenommen.

„Sie war so eine besondere Dame", sagte Fulton mit einem Seufzer, „fast wie eine zweite Mutter. Es fällt mir wahnsinnig schwer zu akzeptieren, dass sie von uns gegangen ist.“

Seine Stimme brach, und Bethany tätschelte ihm tröstend den Arm, was mich nur noch wütender machte.

Als beide sich dem offenen Sarg zuwandten, entschuldigte ich mich eilig und ging davon, bevor ich noch etwas sagte, was uns allen hinterher leidtäte. Octocat tippte mich erneut an, während ich an den anderen Anwesenden vorbei zur Tür stürmte, aber es war mir egal, wen er mir zeigen wollte.

Ich hatte bereits alle Beweise, die ich brauchte, um zu wissen, dass Mr. Fulton sich mindestens zweier unverzeihlicher Verbrechen schuldig gemacht hatte.

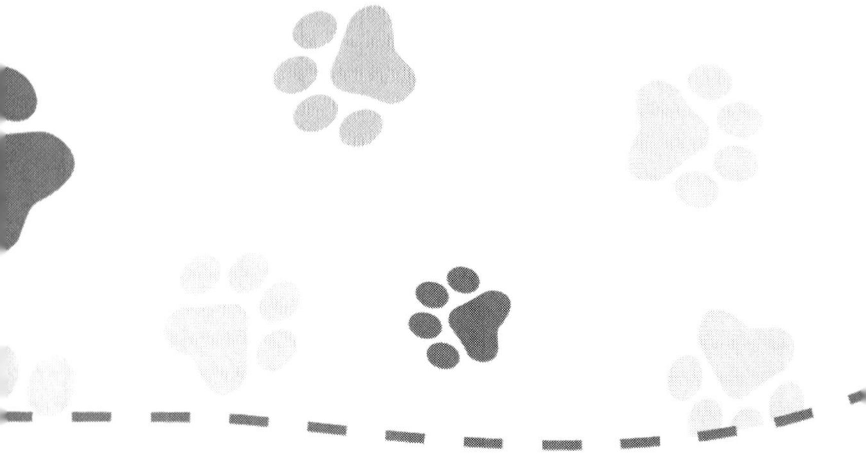

13

Eine Hand auf meiner Schulter hielt mich zurück, noch bevor ich mir den Weg über den Parkplatz bahnen konnte. Ich wirbelte herum und sah mich Bethany gegenüber … ausgerechnet.

„Was willst du?“, knurrte ich sie an und machte mir nicht mal die Mühe, meine Abscheu zu verbergen.

Ihr feines, blondes Haar war vom Wind zerzaust und sie hatte die Lippen so fest aufeinandergepresst, dass man anstatt des Mundes nur noch einen Strich sah. Noch nie zuvor hatte ich sie so verwundbar – oder so feminin – erlebt. „Ich wollte nur sicherstellen, dass es dir gut geht. Du machtest da drinnen den Eindruck, als würde dir gleich schlecht werden. Hast du noch nie zuvor einen Toten gesehen?“

„Doch, das habe ich“, fauchte ich sie an. „Was ich allerdings noch nicht gesehen habe, ist, dass mein Chef seine Geliebte so öffentlich präsentiert, und das auch noch zum denkbar schlechtesten Zeitpunkt.“

Bethany schnappte nach Luft und machte einen Schritt rückwärts. „Geliebte? Du kannst doch unmöglich annehmen ...“

„Was sollte ich denn sonst annehmen?”, verlangte ich zu wissen und hoffte, sie würde mir eine vernünftige Erklärung dafür liefern. Bis zu dieser kürzlichen Wendung der Ereignisse hatte ich wirklich gerne für Fulton, Thompson und Partner gearbeitet. Jetzt jedoch würde ich Fulton oder Bethany nie wieder gegenübertreten können, ohne nicht sofort an diesen schrecklichen lila BH denken zu müssen, oder an seine Hand auf ihrem Rücken und – *oh ja* – den Mord an einer süßen, alten Dame, die es definitiv nicht verdient hatte.

Bethany runzelte nur die Stirn und schüttelte den Kopf. „Eigentlich hätte ich angenommen, dass du mich mittlerweile besser kennen würdest,

Angie." Sie sah beinahe so aus, als würde sie jeden Moment in Tränen ausbrechen. Wer war diese zerbrechliche Frau, die da vor mir stand, und warum war sie plötzlich so anders als der Büro-Hai, der jeden rücksichtslos zerfleischen würde, nur um weiterzukommen?

„Ich kenne dich überhaupt nicht, und Mr. Fulton anscheinend auch nicht sehr gut." Verbittert lachte ich auf. „Ihr beide habt das wirklich gekonnt versteckt. Ich hatte nicht die geringste Ahnung, bis ich heute früher ins Büro kam und euch beide allein dort vorfand. Und dann war da noch dieser BH ..."

„Ein BH?", fragte Bethany laut, murmelte dann jedoch noch etwas vor sich hin, dass ich nicht richtig verstand. Vielleicht würde sie jetzt, wo sie erkannte, dass sie erwischt worden war, endlich mit der Wahrheit herausrücken.

Ich verschränke die Arme vor der Brust und blicke sie herausfordernd an. „Ganz genau, und zwar *dein*er."

„Wow." Sie starrte mich an, ohne mit der Wimper zu zucken.

„Nur wow – mehr hast du nicht dazu zu sagen? Hast du allen Ernstes gedacht, niemand würde euch auf die Schliche kommen? Nur weil ich eine kleine Rechtsanwaltsgehilfin bin, bin ich nicht weniger intelligent als all ihr besserwisserischen Anwälte." Plötzlich brach mein gesamter Groll aus mir heraus und alles, was ich über Monate hinweg für mich behalten hatte, um eine positive Arbeitsatmosphäre zu gewährleisten, drängte an die Oberfläche. Allerdings war die Art und Weise, wie Bethany mich gerade beinahe schmerzerfüllt anstarrte, irgendwie ziemlich beunruhigend. Da würde ich mich im Moment fast lieber mit Brad und seinen unausstehlichen Anmachsprüchen auseinandersetzen.

Bethany trat frustriert gegen die Pflastersteine und als sie sie mich nach endlosen Sekunden erneut ansah, war ihr Blick kalt und unnachgiebig. „Ja, und nur weil du eine Frau bist, heißt das noch lange nicht, dass du nicht auch schrecklich sexistisch bist. Es ist eine Sache, wenn ich das von den Jungs zu hören bekomme, aber von dir? Das hätte ich nicht erwartet, Angie."

„Oh, komm mir jetzt bloß nicht mit dem ganzen *Ich bin nicht wütend, nur enttäuscht*-Gerede. Das musste ich mir in meiner Kindheit bereits gefühlt eine Million Male von meiner Großmutter anhören.

Und schieb ja nicht die Schuld auf mich, wenn du diejenige bist, die mit einem verheirateten Mann herummacht – der zufälligerweise auch noch unser Chef ist."

Sie versteifte sich, als wolle sie sich gegen den Aufprall wappnen. „Ich habe keine Affäre mit Mr. Fulton", betonte sie mit Nachdruck.

„Na, ich weiß nicht", entgegnete ich achselzuckend, „Da drinnen habt ihr beide einen recht vertrauten Eindruck auf mich gemacht."

Sie warf einen zaghaften Blick über die Schulter. „Das war etwas anderes."

„Ja, klar", grinste ich und hob sarkastisch die Daumen hoch. Normalerweise war ich keine streitsüchtige Person, aber aus irgendeinem Grund ging sie mir total auf die Nerven, besonders an solch einem Tag wie heute, wo die Trauerfeier stattfand und die Emotionen eh schon hochkochten.

„Ist es aber", beharrte sie mit zusammengebissenen Zähnen. „Du verstehst das nicht."

„Oh doch, ich verstehe das nur zu gut", brüllte ich sie an. Es gab nichts, was ich mehr hasste, als herablassend behandelt zu werden – nun, außer vielleicht Mord und Ehebruch.

„Nein, tust du nicht", schrie sie zurück und

senkte ihre Stimme dann um einige Nuancen. „Und hör endlich auf, hier so eine Szene zu machen."

Was sie anscheinend nicht verstand, war, dass mich das nicht im Geringsten tangierte. Um Himmels willen, ich wurde von einer pensionierten Bühnenschauspielerin aufgezogen, da gehörten derartige Auftritte und Ausbrüche schon fast zum guten Ton – zumindest, solange wir uns dadurch nicht in Schwierigkeiten brachten.

Da Bethany sich anschickte, unseren kleinen Schlagabtausch zu beenden, beschloss ich, ihr die Millionen-Dollar-Frage zu stellen. „Hey, du warst diejenige, die mich vom Gehen abgehalten hat. Aber okay, dann sag mir doch bitte: Wenn ihr zwei keine Affäre habt, was läuft dann zwischen euch?"

Sie schlang die Arme um ihren Oberkörper, blickte zu Boden und murmelte: „Das kann ich dir nicht erzählen, zumindest jetzt noch nicht."

„Wie praktisch", entgegnete ich und schüttelte den Kopf.

Als sie nichts mehr darauf erwiderte, stürmte ich den Rest des Weges über den Parkplatz bis hin zu meinem Wagen und feuerte meine Tasche auf den Beifahrersitz, wobei ich für einen Moment vergaß, dass sich ja Octocat darin versteckt hielt. *Oh-oh.*

„Erlaube mal?“, brüllte er, nachdem er das gleiche schreckliche Geräusch von sich gegeben hatte, mit dem er mich am Morgen zu wecken pflegte. „Einige von uns versuchen, hier nicht unnötigerweise ihr Leben zu lassen.“

Trotz seiner Verärgerung schien er in Ordnung zu sein.

Aber ich? Ich war so aufgebracht, dass meine Hände zitterten und ich knallrot anlief. Ich brauchte dringend einen Moment, um mich zu sammeln, aber Octocat gefiel es offensichtlich nicht, ignoriert zu werden.

„He, hallo, ich rede mit dir!“, schrie er und schlug mit ausgefahrenen Krallen nach meinem Arm, was mich noch wütender machte.

„Kannst du nicht ein einziges Mal die Klappe halten?“, fuhr ich ihn an.

„Wow, welche Laus ist dir denn über die Leber gelaufen?“

„Das trifft es nicht mal annähernd“, sagte ich und schäumte noch immer vor Zorn über diese Konfrontation mit Bethany. Eigentlich wollte ich nur nach Hause, traute mir aber noch nicht zu, sicher zu fahren.

Meine getigerte Nervensäge legte ihre beiden Vorderpfoten auf mein Bein und begann, den Muskel zu kneten, während sie weitersprach. „Passt aber irgendwie. Jetzt, wo du diejenige bist, die mich da mit reingezogen hat, könntest du mich wenigstens ins Bild setzen. Was war das da gerade?“

„Ich? Dich mit hineinzogen? So habe ich das aber nicht in Erinnerung.“

„Sinnbildlich gesprochen.“ Er winkte herablassend mit der Pfote und setzte sich wieder auf seinen Sitz. „Wer damit begonnen hat, ist nicht wichtig. Was ich wissen möchte, ist, warum du dich so wegen einer Person aufgeregt hast, die in dieser Nacht nicht mal anwesend war. Hast du kein Interesse mehr daran, Ethels Mörder zu finden?“

Plötzlich floss der ganze Kampf aus mir heraus, als ob Octocat einen Hahn aufgedreht hätte. Ganz egal, wie sehr mir diese Affäre zusetzte – er musste sich zweifellos noch viel schlimmer fühlen, hatte er doch jemanden verloren, der ihm wichtig war. Und ich hatte nichts Besseres zu tun, als auf dieser Trauerfeier einen Affenzirkus zu veranstalten.

„Es tut mir leid“, murmelte ich und fühlte mich wie der schlimmste Freund der Welt.

„Hey, ist schon okay. Menschen werden manchmal emotional.“ Er leckte müßig an seiner

Pfote und fügte dann hinzu: „Okay, eher des Öfteren. Aber wir stehen das gemeinsam durch.“

Seine Worte waren seltsam tröstend und genau das, was ich jetzt brauchte.

„Okay“, sagte ich und atmete zittrig aus. „Okay.“

Octocat nickte. „Wir müssen nochmals reingehen“, drängte er, „denn wir haben noch nicht alle gefunden, die in jener Nacht beim Essen dabei waren.“

„Ich glaube, ich weiß bereits, wer Ethel ermordet hat“, gestand ich. „Alles deutet auf Mr. Fulton hin. Der Mann. Mein Chef“, erklärte ich ihm, als ich bemerkte, dass er immer noch verwirrt dreinblickte.

Und dann schockierte mich mein tierischer Begleiter mit Worten der Weisheit und Tiefe.

„Pass auf,” fing er an, „Er könnte sehr gut derjenige welcher sein, aber das wissen wir erst dann mit Sicherheit, wenn wir die anderen ausschließen können. Es ist so, wie wenn du manchmal denkst, dass Hühnerpastete deine Lieblingsspeise ist, dann aber am nächsten Tag die Lachs- und Garnelenmischung vorgesetzt bekommst, die dir noch viel besser schmeckt. Wenn du dann ein wenig darüber nachdenkst, fällt dir vielleicht auf, dass du vorher vielleicht einfach nur hungriger warst, was den minderwertigen Geschmack des Hühnchens extra lecker erscheinen ließ. Oder aber du dachtest irrtümlicherweise, dass Hühnchen nur deshalb dein Leibgericht wären, weil du all die anderen, wunderbaren Geschmacksrichtungen noch nicht probiert hattest. Kannst du mir folgen?“

Seltsamerweise tat ich das. „Dass Mr. Fulton unsere Lachs- und Garnelenmischung sein könnte, aber genauso gut nur die Hühnerpastete, was wir aber erst erkennen, wenn wir unsere Mahlzeit beendet haben?“

„Ganz genau.“ Seine Augen schienen vor Stolz zu glühen, was aber auch einfach an dem schwindenden Sonnenlicht liegen konnte. „Diese Mahlzeit hat gerade erst begonnen, also solltest du sicherstellen, dass du in deinem Bauch noch etwas Platz lässt.“

„Danke, Octocat. Das habe ich jetzt gebraucht.“

„Und vielleicht musst du danach kurz im Laden vorbeischauen und mir etwas Hühnerpastete besorgen. Ja, schon klar, normalerweise stehe ich nicht so auf Geflügel, aber gerade jetzt verspüre ich einen regelrechten Heißhunger danach.“

Ich kraulte ihn zwischen den Ohren. „Du bist ein guter Kater.”

„Und du ein wirklich guter Mensch, ja, das bist du“, erwiderte er in einem beinahe schon kleinkindhaften Ton, die uns beide lächeln ließ. „Also komm, lass uns wieder hineingehen und schauen, ob wir sonst noch etwas herausfinden können.“

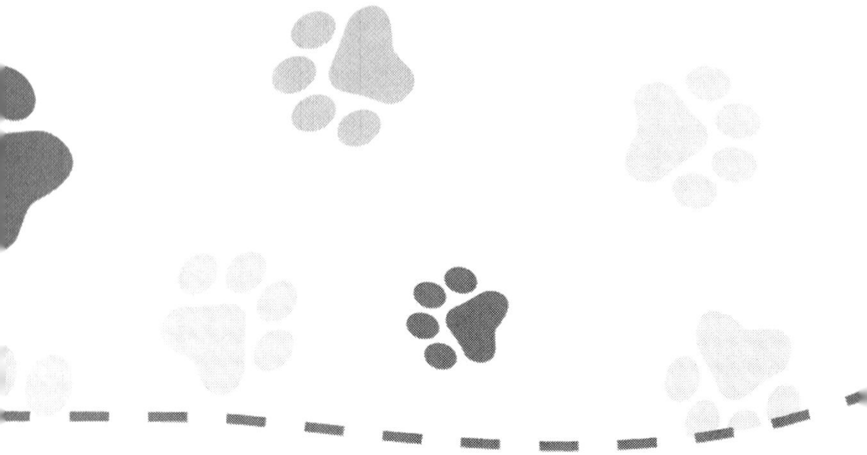

14

Obwohl Octocat mich überreden konnte, nochmals in die Trauerhalle zurückzukehren, waren wir zu spät dran, um noch etwas Sinnvolles bewirken zu können. Die engste Familie und ihre Freunde waren bereits zu einer privaten Feier aufgebrochen, so dass sich nur noch einige entfernte Bekannte und diverse neugierige Sargglotzer im Raum tummelten.

Es war nicht weiter überraschend, dass Bethany ebenfalls verschwunden war, was meinen Verdacht nur noch verstärkte.

So gehörten er und ich zu den letzten, die zurückblieben, was ihm die Gelegenheit gab, heimlich den Kopf aus der Tasche zu stecken und sich von seinem Frauchen zu verabschieden.

„Oh, Ethel“, weinte er ohne eine Spur seiner üblichen, übertriebenen Theatralik. „Du warst mein Ein und Alles und wusstest es nicht mal. Klar, wir hatten gelegentlich unsere Meinungsverschiedenheiten, aber du warst wirklich das Beste, was mir je passieren konnte. Die Welt wird ohne dich nicht mehr so hell sein wie zuvor. Ich werde stets an dich denken, wenn ich Evian trinke oder mich auf einem sonnigen Fleckchen ausstrecke. Ich liebe dich und bin so glücklich, dass du mein Mensch warst.“

Mir kamen beinahe die Tränen, während ich diesem herzzerreißenden Abschied lauschte. „Das war wunderschön“, sagte ich zu ihm und suchte nach dem Päckchen Taschentücher, das ich vorhin noch eingesteckt hatte, aber leider vergebens.

„Ja“, bestätigte er schnüffelnd, und seine Schnurrhaare zuckten.

„Übrigens“, fuhr ich fort, während ich ihn vorsichtig wieder in die Tiefen der Tasche zurückschob, „Sie wusste, wie wichtig sie dir war.”

„Wie kommst du darauf?“, erklang seine gedämpfte Antwort.

„Ich weiß es einfach.“

Danach fuhren wir nach Hause, mit einem

kurzen Stopp beim Supermarkt, um frische Garnelen für unser Abendessen zu besorgen. Octocat hatte sich zusammengerissen, was mir weniger gut gelungen war; von daher hatte er sich diese besondere Leckerei mehr als verdient. Da ich mir nicht vorstellen konnte, solch ein Festmahl zuzubereiten, ohne mir selbst ebenfalls etwas davon zu gönnen, kaufte ich eine ausreichend große Menge, die für uns beide reichen sollte.

Mein getigerter Freund aß nicht so viel wie sonst, was mich irgendwie beunruhigte. „Alles okay mit dem Abendessen?", fragte ich und betrachtete misstrauisch den Bissen auf meiner Gabel. Spürte er womöglich etwas, das mir nicht auffiel? Kurzzeitig huschten meine Gedanken zurück zu dem Geruch des Geschirrs in Ethels Küche und meinem missglückten Versuch, Gift daran auszumachen.

Er seufzte. „Ich vermisse einfach Ethel."

„Natürlich tust du das, und es tut mir leid, dass du sie so sehen musstest."

„Es ist nur …" Er schniefte und trommelte mit seinen Tatzen unruhig auf dem Tisch herum. „Es ist einfach so, dass ich dachte, wir würden für immer zusammenbleiben, und dann war sie plötzlich fort."

„So läuft das manchmal im Leben“, gab ich zu, und obwohl ich dieses akute Gefühl von Verlust noch nie am eigenen Leib erfahren musste, hoffte ich, ihm trotz alledem Trost spenden zu können.

„Wenn du möchtest, könnte ich vielleicht ja …“ Ich zögerte, als etwas Neues und komplett Unerwartetes mich zu überrollen drohte.

„Ja?“, fragte er traurig, als ich meinen Satz nicht beendete.

„Möglicherweise, wenn all das hier ausgestanden ist … ich weiß nicht …“

Sprich es doch einfach aus!

„Könntest du dir vorstellen, dass ich dein neuer Mensch werde?“

Er riss überrascht die Augen auf und stieß ein grollendes Schnurren aus. „Das wäre schön“, entgegnete er. „Ich meine, zumindest viel besser, als mich wieder an jemand Neues gewöhnen zu müssen.“ Dann senkte er den Kopf und knabberte an der größten und saftigsten Garnele, die ich ihm vorgesetzt hatte und bemerkte nicht die Tränen, die mir aus den Augenwinkeln quollen.

Was sollte ich sagen?

Dieser widerspenstige Kater war mir in den letzten Tagen wirklich ans Herz gewachsen. Vielleicht war ich doch ein Katzenfreund.

* * *

Am nächsten Morgen wachte ich auf, noch bevor Octocat mich wecken konnte, und fühlte mich, kaum zu glauben, erfrischt und bereit, es mit dem Tag aufzunehmen. Es war eine so drastische Veränderung dem gegenüber, wie ich mich beim Zubettgehen gefühlt hatte, dass es nichts anderes bedeuten konnte, als dass irgendjemand dort oben mir ein Geschenk machen wollte.

Aber anstatt es in Frage zu stellen, beschloss ich, es einfach weiterzugeben.

„Ich habe etwas für dich“, sagte ich zu Octocat, nachdem er sein Frühstück beendet hatte.

„Hoffentlich nicht wieder so eine übelriechende Tasche“, beschwerte er sich, aber ich spürte seine Aufregung. Etwas an dem Zucken seines Schwanzes und der Keckheit, mit der er mir in Richtung Schlafzimmer folgte, ließ darauf schließen, dass er heute ebenso guter Laune zu sein schien wie ich. Vielleicht war es darauf zurückzuführen, dass wir gestern Abend bei unserem gemeinsamen Krabbenessen endlich zueinander gefunden hatten.

„Spring rauf“, forderte ich ihn auf, während ich

auf dem Bett Platz nahm und in meinem Nachttisch herumwühlte.

Er gesellte sich zu mir, tapste über meinen Schoß und steckte seine Nase misstrauisch in die Schublade.

Als ich das Teil herauszog, nach dem ich gesucht hatte, machte er einen Satz rückwärts. „Was ist das denn?“, fragte er und atmete einige Male panisch ein und aus.

„Das ist mein iPad“, erklärte ich, drückte den Einschaltknopf, um den Bildschirm zum Leben zu erwecken und legte es dann zwischen uns aufs Bett. „Und jetzt gehört es dir.“

„Es glänzt wunderschön“, kommentierte er und beschnüffelte es zögerlich.

Ich nickte begeistert. „Ja, und ich denke, es wird dir gefallen, was man alles damit anstellen kann.“

„Oh?“ Jetzt hatte ich sein Interesse geweckt.

„Ich vermute mal, dass Ethel so etwas nicht hatte“, sagte ich und bemühte mich in höchsten Tönen, es ihm schmackhaft zu machen.

Er schüttelte den Kopf.

„Wir können darauf Apps für dich installieren, mit denen du spielen kannst, wenn dir langweilig ist, wie etwa ein virtuelles Aquarium oder eine

Tastatur oder sogar das Radio ... Aber der Hauptgrund, warum ich es dir gebe, ist FaceTime."

„FaceTime?" Er lachte, nachdem er das Wort laut wiederholt hatte. „Was ist denn das für ein seltsamer Name?"

„Stimmt, aber da es iPhone bereits gab, mussten sie sich etwas anderes einfallen lassen, wie sie diese App benennen konnten. Schau." Ich zog mein Handy aus der Tasche und rief das Tablet über FaceTime an.

Octocat klopfte interessiert mit dem Schwanz, während er mich beobachtete, wie ich den Anruf annahm. „Oha", murmelte er ehrfürchtig, als mein Gesicht auf dem Bildschirm auftauchte, gefolgt von seinem eigenen, sobald ich das Telefon mit der Kamera auf ihn richtete.

„Cool, oder?", schwärmte ich. Ich liebte es genauso, anderen neue Dinge beizubringen, wie selbst etwas zu lernen.

„Was kann es sonst noch?", fragte er und drehte sich aufgeregt im Kreis, bevor er sich erneut vor dem Gerät niederließ.

„Ich weiß, dass du mich vermisst, während ich tagsüber im Büro bin, also dachte ich mir, wir könnten dieses System nutzen, um immer mal wieder kurz miteinander zu reden", erklärte ich mit einem einschmeichelnden Lächeln, nur für den Fall, dass er vorhatte, diesen Punkt zu bestreiten. Zu meiner Überraschung tat er das nicht.

Mein iPad war Teil von Großmutters Familiennetzwerk, während mein Telefon von Fulton, Thompson und Partner finanziert wurde, wodurch ich glücklicherweise zwei separate Nummern hatte. Bisher empfand ich das stets als lästig, aber jetzt, wo meine sprechende Katze eine eigene Leitung brauchte, war es ein großer Vorteil.

Ich saß etwa eine halbe Stunde mit ihm zusammen und brachte ihm bei, wie er das Gerät entsperren, auf die FaceTime-App klicken und mein Foto auswählen konnte, um die Verbindung zu mir aufzubauen. Dann rief auch ich ihn probeweise ein paar Mal an, damit er verstand, wie er mit der Pfote auf den Bildschirm tappen musste, um zu antworten.

Er meisterte sämtliche Schritte mit Bravour.

Wer sagte denn, dass Katzen nicht lernfähig wären?

Als ich los musste zur Arbeit, beschäftigte er sich bereits mit einer Koi-Fisch-App, die er ganz allein ausgewählt hatte. Zwar beherrschte er das Spiel nicht wirklich, aber es schien ihm Spaß zu machen, die Fische über den Bildschirm zu jagen.

Also überließ ich ihn sich selbst und ging in die Firma, um zu sehen, was ich heute sonst noch herausfinden konnte.

Wie sich herausstellte, war es nicht allzu viel. Mr. Thompson hatte Derek mit zum Gericht genommen, Bethany weigerte sich, auch nur ein einziges Wort mit mir zu sprechen und was Brad betraf, so zog ich es generell vor, ihm aus dem Weg zu gehen. Damit blieben nur ein paar unserer weniger gesprächigen Mitarbeiter, Mr. Fulton und ich übrig.

Mein Chef schien heute viel gelassener zu sein als zu Beginn der Woche und ich fragte mich, ob er und Diane sich wohl wieder versöhnt hatten. Außerdem hätte ich nur zu gerne gewusst, ob Bethany ihm von unserem hitzigen Wortwechsel gestern Abend auf dem Parkplatz erzählt hatte, aber selbst wenn, ließ er es sich nicht anmerken, dass ich ihn einer unappetitlichen Affäre bezichtigte.

Er näherte sich meinem Schreibtisch und räusperte sich. „Angie“, sprach er mich an, und seine Lippen waren zu einem festen Strich zusammengepresst, „Sie müssten heute ein ganz spezielles Projekt für mich erledigen.“

Ich schaute von meiner Tastatur auf und nickte. „Klar. Was kann ich für Sie tun?"

Er klopfte mit den Fingern auf die Kante meines Schreibtisches und wir beobachteten beide seine Hand, während er weitersprach.

„Ich möchte, dass Sie nach Präzedenzfällen suchen, in denen Testamente angefochten wurden, weil die Garanten zum Zeitpunkt der Unterzeichnung unzurechnungsfähig waren. Welche Argumente hatten sie? Was geschah mit dem Nachlass, nachdem der ursprüngliche Letzte Wille verworfen wurde? Wie lange dauerte es in der Regel, bis diese Fälle geklärt waren?"

Er hielt inne, steckte beide Hände in die Hosentaschen und warf einen schnellen Blick über seine Schulter, bevor er fortfuhr.

„Aber vorher – könnten Sie, ähm, noch schnell eine Petition für mich durchsehen und sie dann per Kurier rausschicken? Ich würde sie gerne heute noch auf den Weg bringen."

„Ja, selbstverständlich", antwortete ich, ohne zu zögern.

Ein breites Lächeln überzog sein Gesicht. „Großartig. Das wäre mir eine große Hilfe. Ich schicke Ihnen den Antrag in Kürze per E-Mail." Mit diesen Worten machte er kehrt und ging sichtlich erleichtert zurück in sein Büro.

Es dauerte kaum eine Minute, bis das Dokument in meinem Posteingang auftauchte. Neugierig klickte ich darauf, um den Anhang herunterzuladen.

Es war ein Scheidungsantrag –

seine Scheidung von Diane.

15

Nachdem ich die Papiere kurz durchgegangen war, schlich ich mit auf die Toilette und rief Octocat an. Es brauchte zwei Versuche, bevor er antwortete, und als ich ihn endlich dran hatte, blieb der Bildschirm schwarz.

„Hallo?“, rief ich und fragte mich, ob etwas mit der Verbindung nicht stimmte.

„Hallo“, antwortete er, seine Stimme klang laut, klar und voller Stolz. „Ich habe es geschafft!“

Ich starrte auf das Display, hatte aber nach wie vor kein Bild von ihm. „Warum kann ich denn nicht sehen?”

„Keine Ahnung,“, entgegnete er verwirrt, „ich sitze doch direkt auf dem Teil drauf!“

Okay, das erklärte alles. Ich würde ihn heute Abend nochmals sanft darauf hinweisen müssen, wie die Kamera funktionierte. Im Moment allerdings war ich viel zu aufgeregt angesichts der neuen Erkenntnisse, die ich mitzuteilen hatte und zog es daher vor, keine langwierige Diskussion über die richtige iPad-Nutzung für Katzen anzufangen.

Also senkte ich meine Stimme zu einem Flüstern, um ganz sicher zu gehen, dass niemand sonst im Gebäude mich hören konnte. „Mr. Fulton reicht die Scheidung ein, und außerdem lässt er mich einen Haufen alter Fälle recherchieren, die mit der Anfechtung von Testamenten zu tun haben. Ich glaube, er könnte doch unsere Garnelen-Lachs-Mischung sein."

„Was soll das denn bedeuten?", fragte Octocat ohne den geringsten Hauch von Ironie in seiner Stimme. Hatte er tatsächlich seine eigene Metapher vergessen?

„Gestern hast du doch …" *Egal.* Darüber wollte ich jetzt nicht sprechen, nicht, wenn es viel wichtigere Dinge zu diskutieren galt. Nicht, wenn sich eh schon eine massive Migräne anzukündigen drohte.

„Sag mir einfach", begann ich, entschlossen, das Beste aus diesem Anruf zu machen, „was glaubst du, hat das zu bedeuten?"

Er ließ ein lautes und langes Gähnen vernehmen. „Du hast recht, dass ihn das schuldig erscheinen lässt. Mr. Fulton, *hmm* ... Wer war das gleich wieder?“

Ich seufzte und massierte mir die Schläfen. Die Migräne manifestierte sich. „Ich werde ihn dir auf der Beerdigung nochmals zeigen, okay?“, bot ich an.

„Klar.“ Er gähnte erneut. „Und wann ist die gleich wieder?“

So allmählich begann ich, mir ernsthaft Sorgen um ihn zu machen. Es war, als hätte mein Kater über Nacht seinen kompletten Verstand verloren. „Hey, ähm, bist du okay?“

„Ich bin gerade erst von einem Nickerchen aufgewacht und stehe noch etwas neben mir“, gestand er, „und je länger wir reden, desto wärmer wird dieses Ding. Das macht mich gleich wieder schläfrig.“

Das passiert, wenn man sich auf sein iPad setzt, dachte ich. „Okay, dann lasse ich dich jetzt in Ruhe. Genieße dein Schläfchen.“

„Oh, das werde ich“, versicherte er mir noch, kurz bevor ich den Anruf beendete.

Nun, das hatte nichts gebracht, außer vielleicht den Beweis, dass FaceTime mit etwas mehr Übung von Octocats Seite aus möglicherweise als Kommunikationsmittel zwischen uns funktionieren könnte.

Ich wusch mir die Hände und ging dann zurück ins Hauptbüro.

Mr. Fulton wartete direkt vor der Tür. „Sind Sie schon durch mit der Petition?“, fragte er nervös.

„Fast fertig”, versprach ich.

„Gut.“ Er nickte, runzelte aber nach wie vor die Stirn. „Und ich brauche auch die Ergebnisse Ihrer Nachforschung so schnell wie möglich.“

„Kommt sofort.“ Er sah aus, als wollte er noch etwas sagen, also blieb ich unbeholfen neben ihm stehen und wartete, bis er seine Gedanken gesammelt hatte.

Dabei betrachtete er mich nach wie vor stirnrunzelnd, was ich nicht persönlich zu nehmen versuchte. Obwohl ich dabei war, ihn des Mordes zu überführen, würde ich mich weiterhin professionell verhalten.

„Ich werde heute früher gehen und plane, den morgigen Tag wie auch den Montag freizunehmen, um persönliche Angelegenheiten zu regeln“, informierte er mich mit einem abweisenden Nicken.

Ging es um seine Geliebte? Ich verschluckte mich beinahe an seiner Wortwahl, schaffte es aber, mich zusammenzureißen und zu sagen: „Okay, ich lege alles andere auf Eis, bis ich das für Sie erledigt habe.“

Endlich veränderte sich auch sein Gesichtsausdruck; die Verärgerung verschwand und machte etwas Neutralerem Platz. Zwar war es noch immer kein Lächeln, aber ging zumindest schon mal in diese Richtung. „Gut. „Vielen Dank, Angie. Dann bis nächste Woche.“

Ich beobachtete, wie er in sein Büro zurückkehrte, die Tür hinter sich zuzog und abschloss. Was könnte er wohl da drinnen verstecken? Und wo wollte er über das lange Wochenende hin?

Kurz dachte ich darüber nach, Octocat erneut anzurufen, aber das arme Fellknäuel brauchte eindeutig seine Ruhe. Trotzdem wollte ich mit jemandem reden. Also ging ich ein großes Risiko ein und machte mich auf den Weg zu Bethanys Büro, in der Hoffnung, dass bereits genug Zeit vergangen war und sie sich wieder beruhigt hatte.

Vorsichtig klopfte ich an ihre Tür und wünschte, ich hätte etwas, dass ich ihr als Friedensgeschenk anbieten könnte. Für den Moment würde meine Entschuldigung genügen müssen.

„Bitte geh weg“, rief sie, ohne mir zu öffnen.

„Es tut mir leid wegen gestern“, flehte ich in das

gebeizte Kirschbaumholz. „Ich hatte gehofft, dass wir darüber sprechen könnten."

Die Tür flog auf und vor mir stand meine immer noch deutlich erzürnte Kollegin. „Was gibt es da zu besprechen?", verlangte sie zu wissen, eine Hand in die Hüfte gestemmt und einen finsteren Ausdruck im Gesicht.

„Ich habe mir einfach Sorgen um dich gemacht und wollte nachfragen, ob du vielleicht reden möchtest." Das zumindest stimmte schon mal, und wenn sie mit einem Mörder verkehrte, sollte sie das unbedingt erfahren. So sehr mir Bethany auch manchmal auf die Nerven ging, hatte ich sie doch lieber auf meiner Seite als gegen mich.

„Nein danke", antwortete sie und versuchte, mir die Tür vor der Nase zuzuknallen.

Gerade noch rechtzeitig schaffte ich es, meinen Fuß dazwischenzuklemmen. „Bitte gib mir nur zwei Minuten", bettelte ich.

„Also gut." Sie zog sich in die Sicherheit ihres Schreibtisches zurück und musterte mich mit stechendem Blick.

Ich schloss die Tür hinter mir und näherte mich langsam.

„Die Zeit läuft", erinnerte sie mich und zeigte

auf ihr Handgelenk, obwohl sie, seit ich sie kenne, noch nie eine Armbanduhr getragen hatte.

„Okay, ich weiß nicht, was zwischen dir und Mr. Fulton läuft, aber ich mache mir Sorgen um dich“, begann ich.

Sie stieß einen Seufzer aus, der so heftig war, dass er einige der Papiere auf ihrem Schreibtisch herumwirbelte. „Nicht schon wieder diese Leier.“

„Bethany, hör mir bitte zu. Ich habe Grund zu der Annahme, dass er gefährlich ist.“

Sie schüttelte den Kopf. „Das ist doch lächerlich! Mr. Fulton ist einer der ehrlichsten Menschen, die ich kenne.“

„Er hat sich für einige Tage freigenommen“, platzte ich heraus. Es war definitiv ein für ihn ungewöhnliches Verhalten. Normalerweise arbeitete er selbst die Wochenenden durch und mich interessierte einfach, was hinter diesem plötzlichen Sinneswandel steckte. „Weißt du warum?”

„Keine Ahnung – vielleicht trauert er? Warum kannst du den armen Mann nicht einfach in Ruhe lassen? Und mich bitte ebenfalls. Übrigens, deine Zeit ist um.“

„Wie? Aber wir haben doch noch gar nicht richtig miteinander gesprochen“, protestierte ich.

„Das ist mein Büro“, sagte sie, erhob sich von

ihrem Stuhl und marschierte in Richtung Tür. „Ich entscheide, wer hier willkommen ist und wer nicht, und du bist es im Moment definitiv nicht.“

Ich gab mich geschlagen und folgte ihr. „Sei einfach vorsichtig, okay?“, bat ich sie und trat in den Flur hinaus.

„Klar, was auch immer“, entgegnete Bethany, zog eine Grimasse und legte zögernd die Hand auf den Knauf. Noch hatte sie mich nicht ausgeschlossen.

Dann biss sie sich auf die Unterlippe und musterte mich einen Moment lang intensiv, bevor sie vorschlug: „Ich denke, du solltest bezüglich dieses ominösen BHs, den du gestern erwähnt hast, mit Brad sprechen. Ich habe zufällig mitbekommen, wie er Derek gegenüber mit einer Eroberung nach Feierabend geprahlt hat, und – nun ja, ich bin mir sicher, dass er dir nur zu gerne den Rest erzählen wird.“

Mit diesen Worten schlug sie mir die Tür vor der Nase zu, dieses Mal allerdings etwas sanfter. Wir schienen Fortschritte zu machen. Ich entschied mich, ihren Rat zu befolgen und ging als Nächstes zu Brads Büro.

Leider war heute kein Derek anwesend, der als Puffer gedient hätte, denn normalerweise war er der Einzige, der Brad auch nur annähernd unter Kontrolle halten konnte. Dennoch brauchte ich Antworten, und zwar lieber früher als später.

„Was geht ab, Zuckerpüppchen?“, fragte er, als ich die Tür hinter mir schloss.

„Zuckerpüppchen? Ach tatsächlich?“ Ich schauderte. Erstens war dieser Kosename schon seit Jahrzehnten nicht mehr in, und zweitens für eine Bürobekanntschaft absolut ungeeignet.

„Wie? Gefiele es dir besser, wenn ich dich einfach nur Knackarsch nenne?“ Er starrte mit weit aufgerissenen Augen auf meinen Hintern, was anscheinend ein Kompliment sein sollte. *Widerlich.*

„Was ich möchte, ist, dass du mich bei meinem Namen nennst, und ausschließlich bei meinem Namen“, stieß ich hervor und riss mich zusammen, um ihm keine Ohrfeige zu verpassen – zumindest nicht, bevor ich das aus ihm herausgekitzelt hatte, weswegen ich gekommen war. „Ich heiße übrigens Angie.“

„Okay, Angie“, entgegnete er spitz und grinste mich an. „Was kann ich für dich tun?“

Ich beschloss, direkt auf den Punkt zu kommen, damit ich so wenig Zeit wie nötig allein mit diesem schmierigen Typen verbringen musste. „Was weißt du über den violetten Spitzen-BH, den ich gestern in Mr. Fultons Büro gefunden habe?"

Sein widerwärtiges Lächeln wurde noch breiter. „Du hast davon gehört, oder?"

„Ich habe ihn *gesehen* ", sagte ich und erschauderte erneut, er jedoch schmunzelte nur. „Komm schon, bloß kein Neid. Es ist genug Brad für euch alle da."

„Also *war* es deiner", entfuhr es mir.

„Nicht direkt meiner, aber …" Er bedachte mich mit einem gruseligen Grinsen, während er nach den richtigen Worten suchte. „Der einer Freundin", beendete er schließlich seinen Satz.

„Wenn er einer Freundin gehört, was hatte er dann in Mr. Fultons Büro zu suchen?", verlangte ich zu wissen.

Er zuckte beiläufig mit den Schultern. „Meine Freundin hat möglicherweise angenommen, ich wäre hier der Juniorpartner."

„Und warum sollte sie so etwas annehmen?"

Er seufzte und schüttelte den Kopf. „Komm schon, Angie. Muss ich noch deutlicher werden?"

Igitt, bloß nicht. „Weiß Mr. Fulton darüber Bescheid?"

Er räusperte sich. „Natürlich nicht. Denkst du, ich möchte suspendiert werden?"

„Nein, aber du hättest es verdient, wenn nicht sogar noch Schlimmeres“, zischte ich und warf ihm einen letzten, vernichtenden Blick zu, bevor ich aus seinem Büro stürmte.

Endlich hatte die Firma einen mehr als guten Grund, Brad zu feuern, ganz egal wie einflussreich und angesehen sein Vater auch sein mochte. Brad war zweifellos der größte Widerling, dem ich je begegnet war. Man hätte ihn bereits vor Monaten wegen sexueller Belästigung rausschmeißen sollen, aber andererseits war es möglich, dass weder Thompson noch Fulton davon wussten, da sowohl Bethany wie auch ich sein ekelhaftes Verhalten toleriert hatten.

Damit war jetzt allerdings Schluss.

Ich stürmte geradewegs in Fultons Büro und vergaß sogar anzuklopfen.

Er telefonierte in einem rauen, flüsternden Ton. „Es ist mir absolut egal, was es kostet“, knurrte er gerade. „Halten Sie es unter Verschluss, zumindest so lange, bis die Scheidung durch ist.“

Als unsere Blicke sich trafen, verzerrte sich sein Gesicht kurzzeitig vor Wut, bevor es wieder einen neutralen Ausdruck annahm. Eigentlich hätte ich auf dem Absatz kehrt machen und davonlaufen sollen, aber ich war zu schockiert, als dass ich auch nur einen Muskel hätte bewegen können, so wie ein blödes Reh, das im Licht eines Scheinwerfers gefror.

„Wir sprechen später darüber", flüsterte er ins Telefon. Dann richtete er seine volle Aufmerksamkeit auf mich und setzte das unauthentischste Lächeln auf, das ich je in meinem Leben gesehen hatte. „Angie, sind Sie fertig mit meinem Gesuch?"

„Ja, ich bringe es Ihnen sofort", log ich und floh aus seinem Büro, so schnell meine Füße mich tragen konnten.

Brads Entlassung würde noch einen Tag warten müssen; im Moment musste ich erst einmal dafür sorgen, dass nicht ich die Nächste auf der Abschussliste war. Zwar würde ich nur zu gerne meinen Job hinschmeißen, wenn ich dadurch meine Selbstachtung behalten würde.

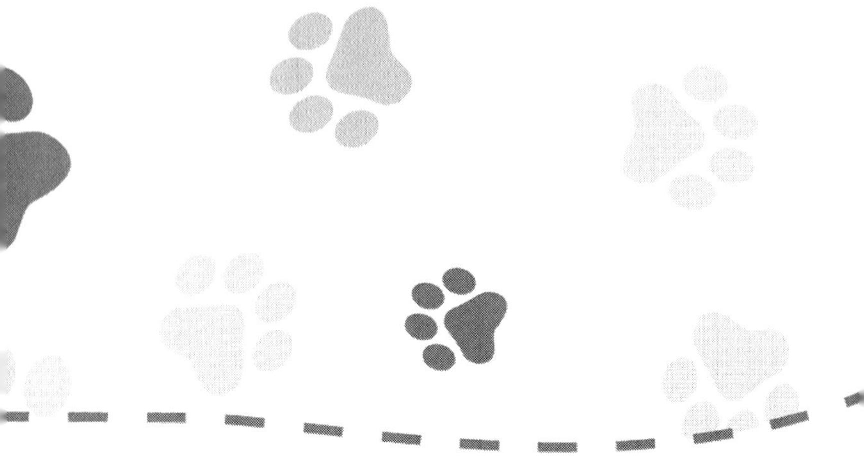

16

Glücklicherweise verließ Mr. Fulton die Firma, kurz nachdem ich den Kurier bestellt hatte, was bedeutete, dass ich vorerst in Sicherheit war. Ich würde auf jeden Fall immer mal wieder über die Schulter schauen, bis er hinter Gittern saß.

Als ich Octocat von dem Anruf erzählte, den ich zufällig mitbekommen hatte, musste sogar er zugeben, dass niemand außer Mr. Fulton für den Mord an Ethel verantwortlich sein konnte.

„Und wenn er bereits einmal getötet hat, wird es für ihn ein Leichtes sein, es wieder zu tun", fügte er hinzu.

Ich schlotterte vor Angst. „Du hast recht und

ich bin mir ziemlich sicher, dass er weiß, dass *ich* weiß.“

„Anhand dessen, was du mir gesagt hast, trifft das wahrscheinlich zu.“ Liebevoll rieb er seinen Kopf an meinem Arm, aber das reichte nicht aus, um mich zu beruhigen. Plötzlich verwandelte sich jeder lauernde Schatten, jedes unerwartete Geräusch in eine Warnung, dass mein Chef zurückkommen und mich töten könnte, weil ich im Grunde genommen zu gut in meinem Job war. Andererseits sollte ich nur über juristische Präzedenzfälle recherchieren und nicht nach Hinweisen in einem Mordfall suchen.

„Wir müssen weg von hier“, sagte ich, und Panik machte sich in mir breit.

Octocat schaute mich mit großen, bernsteinfarbenen Augen an und nickte verständnisvoll. „Wohin? In Ethels Haus?“

„Nein, verdammt!“, brüllte ich ihn an. „Wir fahren zu meiner Großmutter.“

Also packte ich auf die Schnelle seine Delikatessen, Evian und die frisch gereinigte Katzentoilette zusammen. Mittlerweile fühlte ich mich selbst in meinen eigenen vier Wänden irgendwie ausgeliefert.

„Vergiss mein iPad nicht“ erinnerte er mich und

kratzte an der Tür des Schlafzimmers herum. Er schien weit weniger besorgt zu sein als ich. Vielleicht, weil er auf sieben Leben zurückgreifen konnte? Wie dem auch sei, er hatte nicht Mr. Fultons wütenden Gesichtsausdruck gesehen, als er mich dabei erwischte, wie ich sein Gespräch belauschte. Wenn Blicke töten könnten …

Nein, wenn ich mich zu sehr auf meine Angst konzentrierte, wäre ich nicht in der Lage zu handeln und mich zu schützen. Im Moment galt es einzig und allein, uns hier rauszubringen. Sobald wir uns in Sicherheit befanden, konnten wir in Ruhe einen Plan ausarbeiten, wie wir unseren Fall am besten der örtlichen Polizeibehörde vortragen sollten. Vielleicht hätte Großmutter ja ein paar Ideen, wie man die Beweise am besten so verpackte, dass die Tatsache, dass es sich bei unserem Hauptinformanten um eine sprechende Katze handelte, verschleiert werden konnte.

Weniger als fünfzehn Minuten später tauchten Octocat und ich mit unseren Übernachtungstaschen vor ihrer Tür auf. Dem Himmel sei Dank für kleine Städte und kurze Anfahrtswege.

„Angie?“, fragte Großmutter und musterte erstaunt zuerst mich und dann den getigerten Kater an meiner Seite.

„Welch nette Überraschung“, rief sie dann aus, winkte uns hinein und umarmte mich liebevoll. Sie fragte nicht einmal nach der Katze, die ich mir seit unserem letzten Treffen zugelegt hatte. Umgehend machte sich das schlechte Gewissen in mir breit und ich beschloss, sie in Zukunft wieder öfters zu besuchen.

Sie führte uns zur Couch und Octocat sprang sofort auf ihren Schoß, wo er zufrieden zu schnurren begann.

„Ich mag sie“, verkündete er. „Sie erinnert mich an Ethel.“

„Er mag dich“, gab ich seine Worte an sie weiter.

„Ich ihn ebenfalls“, gurrte sie. „Gehört er dir?“ Sie war wie immer elegant gekleidet. Heute trug sie eine smaragdgrüne Bluse mit handgenähten Edelsteinen am Kragen, und sie stand ihr hervorragend. Ich schaute herunter auf meine Jeans und das T-Shirt, gegen die ich meine Arbeitskleidung gewechselt hatte und fühlte mich für diesen Besuch plötzlich irgendwie *underdressed*. Andererseits kam ich mir neben meiner eleganten und talentierten Großmutter stets minderwertig vor.

Ich schüttelte den Kopf und runzelte die Stirn.

„*Nein*. Nun ja, vielleicht. Es ist eine recht lange Geschichte."

„Ich habe Zeit. Also erzähl schon, was ist los?" Sie fuhr fort, Octocat zu streicheln, während sie sich alles über den unerwarteten Terror an meinem Arbeitsplatz anhörte.

Sobald ich anfing zu reden, konnte ich einfach nicht mehr aufhören. Es tat so gut, all das bei jemandem abladen zu können, von dem ich wusste, dass er einem zuhörte. Ich klärte sie über alle Beweise gegen Mr. Fulton und die höchstwahrscheinlich falschen Anschuldigungen gegen Bethany auf. Jetzt, wo ich in Ruhe darüber nachdachte, war mir klar, dass zumindest bei ihr eine Entschuldigung angebracht war – eine aufrichtige, die von Herzen kam.

„Für mich klingt all das so, als käme es direkt aus einem Off-Broadway-Drehbuch", sagte Großmutter und traf es damit genau auf den Punkt. „Eine Sache gibt es allerdings, die ich nicht ganz verstehe: Wie seid ihr überhaupt darauf gekommen, dass es Mord gewesen sein könnte?"

Ich schaute Octocat fragend an.

„Du kannst es ihr ruhig sagen", entgegnete er gleichmütig und verließ ihren Schoß, um es sich gleich darauf auf meinem gemütlich zu machen.

„Und falls es dir hilft, darfst du mich gerne streicheln“, bot er selbstlos an.

„Danke“, murmelte ich.

„Danke wofür, Liebes?“, fragte Großmutter und lächelte leicht verwirrt.

Warum erzählte ich ihr nicht alles? Wenn ich ihr – der Frau, die mich großgezogen hat – nicht vertrauen konnte, dann gab es sowieso keine Hoffnung mehr für dieses Leben. Außerdem wäre es so eine Befreiung, wenn ich mein Geheimnis endlich mit einer anderen Person als nur mit Octocat teilen könnte.

Also atmete ich tief durch, fuhr mit den Fingern durch sein dickes Fell und bereitete mich auf die große Enthüllung vor. „Erinnerst du dich noch, als du mich neulich vom Krankenhaus abgeholt hast?“ War es tatsächlich erst Donnerstag, bei all dem, was sich in den letzten Tagen ereignet hatte? Meine ganze Welt war von einer Sekunde auf die andere aus den Fugen geraten.

Großmutter nickte. „Natürlich. Du hast gesagt, du hättest einen leichten Stromschlag abbekommen. War es etwa noch mehr als das?“, drängte sie und griff nach ihrer Gleitsichtbrille, um mich während unserer Unterhaltung genauer beobachten zu können.

„Es war ein elektrischer Schlag, dieser Teil zumindest ist wahr. Was ich dir allerdings verschwiegen habe …“ Ich biss mir auf die Lippe. Was würde ich tun, wenn sie mir nicht glaubte?

„Rede weiter“, ermutigte Octocat mich. „Sie kann damit umgehen.“

„Sprich weiter“, bat auch sie mich und auf ihrer zerfurchten Stirn erschienen noch mehr Sorgenfalten, während sie auf meine Antwort wartete. So sehr mich mein anstehendes Geständnis auch verunsicherte – jetzt musste ich es zu Ende bringen.

„Ich kann plötzlich mit Katzen sprechen.“ Endlich war es heraus.

Ihre Augen wanderten von mir zu dem Kater und wieder zurück. „Er kann sprechen?“, fragte sie, nachdem sie einige Sekunden über meine unglaubliche Enthüllung nachgedacht hatte.

„Ja, das kann er“, nickte ich begeistert. Bedeutete das, dass sie mir tatsächlich glaubte? „Er war es auch, der mir von dem Mord an Ethel erzählt hat. Sie war seine Besitzerin, und er hat alles beobachtet“, erklärte ich weiter.

„Es tut mir so leid, dass dein Frauchen auf diese Art und Weise sterben musste“, sprach sie Octocat an, klopfte auf ihren Schoß und lud in ein, wieder zu ihr zurückzukommen. „Gibt es etwas, was ich tun kann, um euch zu helfen?“

Und genau das hier war einer der vielen Gründe, warum ich sie so sehr liebte. Sie stellte meine verrückte Behauptung nicht in Frage, sondern glaubte einfach automatisch das, was ich ihr gebeichtet hatte. Jeder von uns braucht so jemanden wie sie in seinem Leben.

Erleichtert erkannte ich, dass ich das Richtige getan hatte, indem ich ihr mein Geheimnis anvertraute. „Hast du sie verstanden?“, frage ich meinen getigerten Freund.

„Ja, das habe ich“, bestätigte er, blickte sie an und sagte: „Vielen Dank für Ihre Anteilnahme.“

„Oh“, rief Großmutter verzückt, „Er spricht mit mir! Was hat dieses entzückende Kätzchen gesagt?“

Octocat strahlte vor reiner und unverfälschter Freude über das ganze Gesicht. Offenbar war es in Ordnung, dass sie ihn auf diese Weise vergötterte, was mir nach wie vor untersagt war.

„Er hat sich für deine Beileidsbekundung bedankt“, gab ich seine Worte weiter.

„Was für ein wohlerzogener kleiner Kerl du doch bist“, sagte sie und kraulte ihm den Rücken. Jetzt schien er auf Wolke sieben zu schweben und ich wollte den beiden diesen speziellen Augenblick nicht verderben, indem ich zur Sprache brachte, wie unhöflich er normalerweise war.

„Ich mache mir Sorgen, Oma“, gestand ich. „Ich bin mir fast sicher, dass Mr. Fulton seine Tante vergiftet hat, aber die Polizei wird mir die ganze Sache mit dem sprechenden, tierischen Informanten wahrscheinlich nicht so ohne weiteres abnehmen.“

„Damit könntest du recht haben”, stimmte sie mir zu und runzelte die Stirn.

„Aber was bedeutet das für uns?“, bettelte ich um ihre Antwort. „Ich kann nicht den Rest meines Lebens in Angst verbringen, bis er endlich gefasst wird, andererseits mit dem, was ich habe, auch nicht zur Polizei gehen. Selbst wenn ich meinen Job kündigen und wieder bei dir einziehen würde, wäre das noch keine Garantie für die Sicherheit von irgendjemandem. Und Ethels Tod würde ebenfalls nicht gerächt. Außerdem, was wäre, wenn Mr. Fulton plant, erneut zuzuschlagen?“

Großmutter und ich dachten stillschweigend über diese Aussichten nach, während Octocat angesichts ihrer Streicheleinheiten zufrieden vor sich hin schnurrte. Mir machte vor allem meine letzte Frage zu schaffen. Selbst wenn Mr. Fulton noch einmal töten würde, wäre dann wirklich ich der wahrscheinlichste Kandidat? Viel mehr Sinn würde es doch machen, wenn ...

„O du meine Güte, Diane!”, schrie ich ob dieser plötzlichen Eingebung laut auf. „Sie ahnt nichts von alledem.“

Natürlich! Zu der Tatsache, dass Mr. Fulton am Telefon erwähnt hatte, er wolle sein schmutziges Geheimnis bis nach der Scheidung für sich behalten, kam ein weiterer, simpler Fakt: Er hatte die Scheidung eingereicht. Damit war Diane Fulton klar diejenige, die am meisten in Gefahr war, sollte er erneut zuschlagen.

Seine Entscheidung, sich zu trennen, zeigte bereits, dass er für seine baldige Ex-Frau keinerlei Liebe mehr empfand. Was könnte passieren, wenn sie ihn im Zuge der Scheidung zu sehr bedrängte? Was, wenn sie die Nächste wäre? Sie hatte keine Ahnung, in welcher Gefahr sie schwebte ...

Ich sprang auf die Füße, verzweifelt entschlossen, umgehend zu meiner Freundin zu fahren und sicherzustellen, dass es ihr gut ging.

„Einen Moment, kleines Fräulein“, sagte Großmutter, erhob sich ebenfalls und legte mir eine Hand auf die Schulter. „Ihr seid hierhergekommen, weil ihr Angst um eure Sicherheit hattet; von daher lasse ich dich jetzt unter keinen Umständen in die

Höhle des Löwen stürmen. Unabhängig von der Quelle, aus der diese Informationen stammen, hast du Einiges gegen diesen Mann in der Hand – und meiner Meinung nach weiß er das auch. Das Letzte, was du jetzt tun solltest, ist, mit diesen Anschuldigungen bei ihm zu Hause aufzutauchen."

Unsere Blicke trafen sich. Sie sah mich flehend an, während ich, ohne zu blinzeln, vor mich hinstarrte. Das war meine Oma, die eine Person, die mich mehr liebte als alles andere auf der ganzen weiten Welt. Natürlich wollte sie immer nur das Beste für mich, aber ich konnte nicht tatenlos danebenstehen, wenn möglicherweise gerade das Todesurteil über eine Freundin gefällt wurde.

Also riss ich mich von ihr los. „Tut mir leid, aber ich habe keine Wahl", rief ich und war schon auf dem Weg zur Tür hinaus.

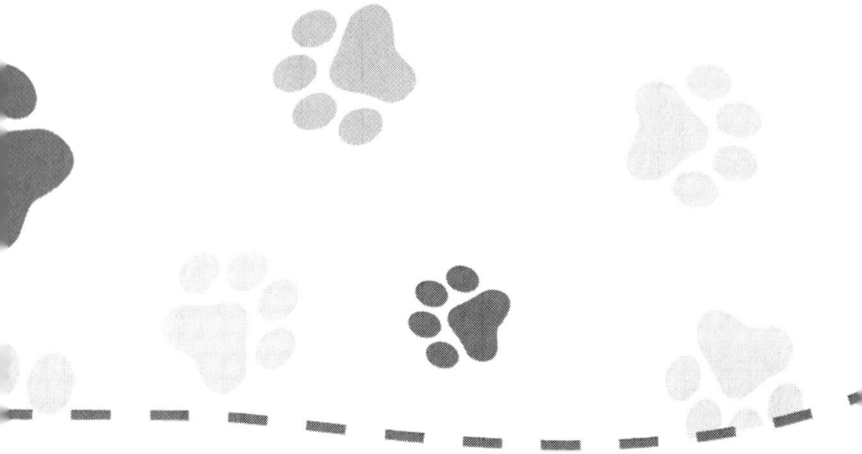

17

Ich war überrascht, dass Großmutter nicht versuchte, mich aufzuhalten. Weit weniger überraschend war jedoch, dass Octocat anzunehmen schien, ich würde ihn mitnehmen. Ein brauner, unscharfer Fleck schoss an mir vorbei, während ich zu meinem Auto rannte.

„Packen wir's an", rief er mit einem entschlossenen Blick, den ich komisch gefunden hätte, wäre die Lage nicht so ernst gewesen.

„Du kommst *nicht* mit!", brüllte ich. Für so etwas hatte ich jetzt wahrhaftig keine Zeit. Was, wenn es für Diane bereits zu spät war? „Und jetzt geh mir aus dem Weg."

Seine Augen waren fest auf die Autotür gerichtet, während er darauf wartete, dass ich sie für ihn öffnete. „Okay, jetzt verstehe ich. Ich darf immer nur dann mitkommen, wenn *du* denkst, du könntest mich brauchen."

„Richtig erkannt", murrte ich, „und für das, was jetzt kommt, brauche ich dich definitiv nicht. Geh zurück zu Großmutter und warte, bis ich wiederkomme."

Sein Schwanz zuckte wild hin und her, während er mich verletzt ansah. „Manchmal bist du wirklich gemein, weißt du das?"

„Und du nervst wirklich die ganze Zeit", schrie ich zurück, während ich ihn im Stillen anflehte, den Kampf aufzugeben. Das Letzte, was ich wollte, war, ihn auch noch in Gefahr zu bringen. Wider besseres Wissen hatte ich die kleine Nervensäge doch tatsächlich liebgewonnen.

„Wie auch immer", knurrte er zurück und starrte mich an, und als ich schließlich die Autotür öffnete, hüpfte er trotz meiner konsequenten Einwände sofort hinein.

Also ich tat das Schlimmste, was ich mir vorstellen konnte: Ich packte ihn beim Genick und marschierte mit ihm schnurstracks zurück ins Haus.

„Lass mich los", jammerte Octocat und versuchte vergeblich, sich aus meinem Griff zu befreien. „Dein Verhalten ist alles andere als in Ordnung!“

Ohne etwas darauf zu erwidern, warf ich ihn in den Flur und knallte die Tür zu, bevor er seine Orientierung wiederfand. So sehr ich meinen frechen Kumpel auch vermissen würde – das war die bessere Lösung. Außerdem könnte Diane, wenn ich ihn mitbrachte, vorschlagen, ihn bei ihr zu lassen. Diesen Gedanken, meinen neu gewonnenen Freund zu verlieren, konnte ich nicht ertragen, wusste aber auch, dass ich nicht stark genug sein würde abzulehnen, wenn sie mich darum bat.

Wie ich die erweiterte, nicht mordende Seite der Fulton-Familie davon überzeugen sollte, dass ich ihn gerne behalten würde – darüber würde ich mir zu einem späteren Zeitpunkt Gedanken machen. Im Moment musste ich erst mal Diane davor bewahren, ein ähnliches Schicksal wie Ethel zu erleiden.

Obwohl wir uns wahrscheinlich nicht mehr allzu oft sehen würden, in Anbetracht der Scheidung und der Wahrscheinlichkeit, dass ihr Ex irgendwann im Gefängnis landete, sorgte ich mich doch um sie und wollte sicherstellen, dass es ihr gut ging. Letzten Endes wünschte ich niemandem den Tod, nicht einmal Brad und vor allem nicht der armen Diane, die schon so viel durchgemacht hatte. Ich schuldete ihr einfach etwas aufgrund der kurzen, auf Reality-TV-basierenden Freundschaft, die sich in den letzten paar Monaten zwischen uns entwickelt hatte.

Bisher war ich zwar nur einmal bei den Fultons zu Hause gewesen, um über die Feiertage an einem Firmenessen teilzunehmen, erinnerte mich jedoch noch ganz genau an die Lage ihrer schicken Villa. Schließlich war Blueberry Bay kein sehr großer Bezirk, und unsere Stadt Glendale sogar noch wesentlich kleiner.

Kurz darauf hielt ich vor der weißen Fassade an, die durch einen dicht bepflanzten Vorgarten von neugierigen Blicken geschützt war, und stellte den Motor ab. Vielleicht wäre ein Anruf angebracht gewesen, um meine Ankunft zu avisieren, aber ich wollte nicht riskieren, dass Mr. Fulton herausfand, dass ich auf dem Weg hierher war. Zumindest nicht, bevor ich wenigstens die Möglichkeit hatte, Diane vor den Gefahren zu warnen, die direkt in ihrem eigenen, zerstörten Heim lauerten.

Wesentlich zuversichtlicher als ich mich tatsächlich fühlte, marschierte ich auf das Haus zu und drückte die Klinke herunter, ohne mich vorher durch Läuten anzukündigen. Da wir uns in einer

Kleinstadt in Maine befanden, war die Tür natürlich unverschlossen. Also trat ich ein und konnte nur hoffen, dass ich noch nicht zu spät kam, um das Schlimmste zu verhindern.

Drinnen war es dunkel, da sich bereits die Dämmerung über das Land legte.

„Hallo? Diane?“, rief ich und tastete nach einem Lichtschalter, fand jedoch keinen.

Vorsichtig tapste ich in Richtung Wohnzimmer, drehte mich aber abrupt um, als ein paar Schritte hinter mir eine Bodendiele knarrte. Dort, im fahlen Licht des großen Erkerfensters, stand eine hochgewachsene, schattenhafte Gestalt, die Arme hoch über den Kopf gestreckt.

„Diane?“, fragte ich leise und betete, dass es meine Freundin sein möge und nicht ihr Mann. Allerdings blieb mir nicht allzu viel Zeit, um darüber zu rätseln, denn ...

KNALL!

Ein ungeheurer Schmerz durchzuckte meine Stirn und bevor ich Gelegenheit hatte herauszufinden, was da vor sich ging, sackte ich zu Boden und verlor das Bewusstsein.

* * *

Als ich wieder zu mir kam, schrie jeder Zentimeter meines Körpers vor Schmerz laut auf. Ich schaute nach links und erkannte ein massives Feuer, das weniger als dreißig Zentimeter von mir entfernt im Kamin loderte. Da ich verdammt nah dran lag, hatte meine Haut bereits begonnen, sich aufgrund der übermäßigen Hitze rot zu färben. Als ich mich bemühte, mich aus dessen Reichweite zu entfernen, fiel mir auf, dass ich an Händen und Füßen gefesselt war.

„Glaubst du allen Ernstes, du kannst einfach so bei jemandem einbrechen?“, sprach mein Geiselnehmer mich mit rauer Stimme an und trat ins Licht. Eigentlich hätte ich erwartet, Mr. Fulton vor mir zu sehen, aber nein – er war es nicht, sondern meine Freundin, Diane.

Sie hatte mich angegriffen? Was?

„Diane“, keuchte ich, „ich bin's, Angie. Wir müssen hier weg.”

„Ich weiß genau, wer du bist. Was ich nicht verstehe, ist, warum du es nicht einfach gut sein lassen konntest.“ Die Verachtung, als sie ihren Blick über mich wandern ließ, war so unverhohlen, dass ich die nette Frau, die ich immer als Freundin betrachtet hatte, kaum wiedererkannte.

Mein Kopf pulsierte vor Schmerzen und machte es mir schwer, klar zu denken. Warum verhielt sie sich so? Hatte Mr. Fulton sie in Bezug auf all die Geschehnisse angelogen? Dachte sie womöglich, ich sei an allem schuld?

Nichts von alledem passte zusammen.

„Ethel wurde ermordet!“, brüllte ich sie an, auch wenn meine Stimme genauso schmerzte wie der restliche Körper. Aber das war mir in dem Moment egal. „Wir müssen es jemandem sagen.“

Diane stöhnte und lief im Zimmer auf und ab, so als würde sie etwas suchen. „Sei still“, warnte sie. Möglicherweise war alles nur eine Farce. Vielleicht hatte sie ebenfalls Angst und versuchte, Mr. Fulton davon zu überzeugen, dass sie auf seiner Seite war, damit er ihr nicht ebenfalls etwas antat.

„Binde mich los“, flehte ich. „Es ist noch nicht zu spät. Wir könnten zur Polizei gehen und ...”

Sie eilte zurück an meine Seite und bückte sich, sodass wir uns beinahe auf Augenhöhe befanden. „Niemand geht hier zur Polizei“, entgegnete sie in einem unheimlichen Flüsterton und verpasste mir eine saftige Ohrfeige.

Als dieser neue Schmerz mir in die Wange stach, erkannte ich endlich die Wahrheit, die direkt vor mir stand. Mr. Fulton hatte sich nichts zuschulden kommen lassen – weder den Mord noch diese Aktion hier.

„Du bist es die ganze Zeit über gewesen“, fuhr ich sie an.

Ein bösartiges Grinsen machte sich auf ihrem Gesicht breit und sie verdrehte die Augen. *„Offensichtlich.* Tu doch nicht so, als ob du das nicht gewusst hättest. Ich dachte, ich höre nicht richtig, als du bei der Testamentseröffnung wieder zu dir kamst und von einem Mord gefaselt hast. Zwar hatte ich schon von Hellsehern gehört, aber nie im Leben vermutet, dass du eine von ihnen bist.“

„Du glaubst, ich habe übersinnliche Kräfte?”, zischte ich sie an. Alles tat mir weh, aber am meisten mein Herz. Wie naiv war ich doch gewesen, Diane blind zu vertrauen, nur weil wir die gleichen Fernsehsendungen mochten. Diese Nachlässigkeit konnte mich jetzt das Leben kosten.

„Welche Erklärung sollte es sonst dafür geben, dass du über den Mord an Ethel Bescheid wusstest? Zuerst dachte ich noch, du hättest dir vielleicht eine Art Scherz erlaubt und nur aus Versehen die Wahrheit ausgeplaudert, ohne überhaupt etwas zu wissen. Dann jedoch bist du immer wieder und überall aufgetaucht.“

Ich schüttelte den Kopf und kämpfte vergeblich

gegen meine Fesseln an. Irgendwie machte es ja Sinn, dass Diane dies vermutete, auch wenn meine Kräfte anderer Art waren, als sie annahm.

„Die Testamentseröffnung, Ethels Haus…“, fuhr sie fort und versetzte mir einen Tritt, als sie bemerkte, wie ich versuchte, meine Füße zu befreien.

„Ja, schau nicht so schockiert. Natürlich hat mir Anne davon erzählt. Das Einzige, was ich mir nicht zusammenreimen konnte, war, warum du nicht zur Polizei gegangen bist, um mich anzuzeigen. Erst jetzt, wo du hier in mein Haus eingebrochen bist, wurde mir klar, dass du von Anfang an vorhattest, mich selbst zu überführen. Gute Arbeit, die du da geleistet hast.“ Sie stieß ein bösartiges Schurkenlachen aus, das in so krassem Widerspruch zu der Hausfrau mit Twin-Set und Perlenkette stand, die ich zu kennen geglaubt hatte.

„Aber warum? Warum solltest du Ethel töten?“, fragte ich erstickt. Einerseits interessierte mich die Antwort wirklich, andererseits musste ich sie am Reden halten, bis ich einen Weg gefunden hatte zu entkommen. Mir war mittlerweile klar, dass sie plante, mich nach unserem kleinen Gespräch zu töten. Diese Irre schien zu allem fähig.

Diane knurrte wie ein wildes Tier und fletschte

die Zähne, was mir erneut einen Schauer über den Rücken jagte. „Hast du das nicht schon selbst herausgefunden, als du diesem Schürzenjäger von Ehemann heute geholfen hast, mir die Scheidungspapiere zukommen zu lassen?“

Ich keuchte auf, eine Reaktion, die ihr offensichtlich gefiel.

„Also hat er tatsächlich mit Bethany geschlafen!“, sagte ich, nach wie vor bemüht, das Gespräch im Gange zu halten. Bezüglich des Mörders hatte ich mich geirrt, aber was die Affäre anging, lag ich richtig. Ob der BH ihr nun gehörte oder nicht, sie war trotzdem schuldig.

„Mit ihr geschlafen?“ Diane kräuselte angewidert die Nase und erhob sich aus ihrer gebückten Position.

Plötzlich vibrierte das Handy in meiner Hosentasche, was mich auf eine Idee brachte. Wenn ich einen Weg finden könnte, um über FaceTime mit Octocat Kontakt aufzunehmen, könnte er Großmutter verständigen und diese die Polizei rufen. Ich musste Diane kurzzeitig ablenken, damit sie nicht mitbekam, wie ich in meine Tasche griff. So etwas mit gefesselten Händen zu bewerkstelligen, würde schwer werden, aber ich musste es zumindest versuchen.

„Hat er oder hat er nicht?“, frage ich neugierig.

„Das will ich doch nicht hoffen, angesichts der Tatsache, dass sie seine Tochter ist. Andererseits ist Richards uneheliches Kind im Moment das geringste meiner Probleme.“ Sie bewegte sich hektisch und murmelte etwas vor sich hin, bevor sie sich erneut mir zuwandte.

Wie hatte sie es nur geschafft, ihr wahres Ich so gut zu verbergen? Wie war es nur möglich, dass ich diese nette Hausfrauennummer nicht durchschaute? Hatte Mr. Fulton es erkannt? War das der Grund, warum er sie verlassen wollte? Ich hatte so viele Fragen, aber zuerst einmal musste ich weg von dieser verrückten Mörderin.

„Also wolltest du Ethels gesamtes Vermögen für dich“, sinnierte ich und konnte nur hoffen, sie damit zu einem weiteren Monolog über ihre Motive zu bewegen.

„Wer würde das Geld nicht haben wollen? Es war ja nicht so, als ob die alte Dame noch lange zu leben gehabt hätte. Ich habe ihr lediglich zu einem leichten Tod verholfen, der, wenn du mich fragst, weit besser war, als sie es verdient hatte.“

Während sie sprach, schob ich meine Hände vorsichtig unter meinen verlängerten Rücken. Glücklicherweise steckte mein Telefon in der dem

Feuer abgewandten Hosentasche, sodass die Schatten meine Bewegungen verschleierten.

„Du bist doch schon reich“, murmelte ich, froh darüber, dass sie den Blick von mir abwandte.

Sie hatte ihre Wanderung wieder aufgenommen, schien hektisch nach etwas zu suchen und ich konnte nur beten, dass es keine Waffe war, die sie zu finden hoffte. Ich kann vielleicht schnell denken, glaubte aber nicht, dass in der Lage wäre, fix genug zu handeln, um einer direkt auf mich abgefeuerten Kugel auszuweichen, vor allem angesichts meiner aktuellen Kopfverletzung.

Verbittert lachte sie auf. „Als Mrs. Fulton vielleicht, aber was glaubst du wohl, was nach der Scheidung mit mir passieren wird?“ Anscheinend war dies eine rein rhetorische Frage, da sie weiterredete, ohne meine Antwort abzuwarten. „Ich hatte gehofft, mir bliebe mehr Zeit. Richard sollte der Alleinerbe seiner Tante sein und ich hätte die Hälfte davon abbekommen, wenn ich es geschafft hätte, ihn bis zu deren Ableben bei Laune zu halten. Aber irgendwann war ich es leid, ewig darauf zu warten, dass die alte Dame endlich den Löffel abgibt – also habe ich ein wenig nachgeholfen. Als wir dann herausfinden mussten, dass sie ihr Testament erst kürzlich geändert und alles dieser blöden Katze hinterlassen hat, konnte ich mein Pech kaum fassen."

Ich hielt meinen Blick fest auf Diane gerichtet, während meine Fingerspitzen in die Hosentasche glitten und langsam das Handy herauszogen. Sie fuhr fort mit einer Tirade über ihr armes, ungerechtes Leben, aber ich hörte nur gerade so weit zu, um hin und wieder eine kurze Antwort geben zu können und konzentrierte mich voll und ganz auf mein Telefon.

Zuerst drückte ich die Taste, um es zu entsperren – zum Glück hatte ich das Passwort deaktiviert –, klickte dann auf das FaceTime-Symbol und baute die Verbindung zu Octocat und meinem iPad auf.

Jetzt konnte ich nur noch beten, dass er nicht zu wütend war, um mir das Leben zu retten.

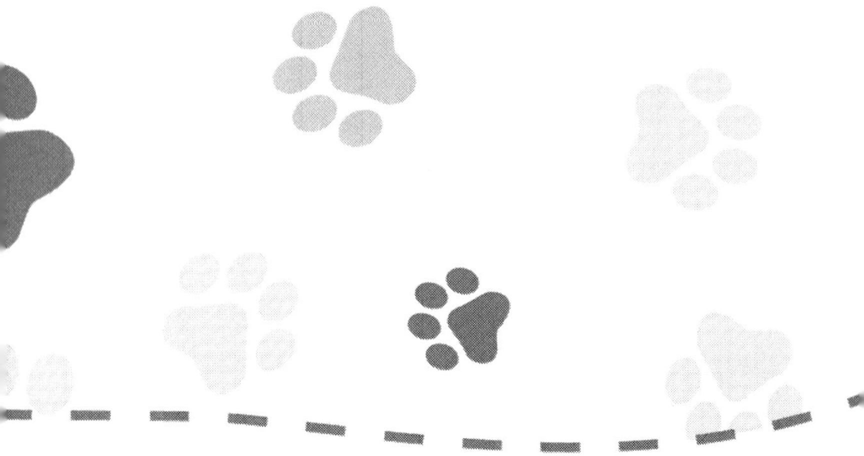

18

Der Anruf ging problemlos durch und Octocat antwortete nach nur wenigen Klingeltönen. Ich schwöre, ich war in meinem ganzen Leben noch nie so glücklich, jemandes Stimme zu hören.

„Lass mich raten“, sagte er und klang beinahe gelangweilt, „du bist in Gefahr und brauchst die Katze, damit sie dein Leben rettet.“

Ja, hätte ich am liebsten laut gebrüllt, aber damit Diane auf meine Aktion aufmerksam gemacht und mir ernsthafte Schwierigkeiten eingehandelt. Also musste ich einen Weg finden, sie weiterhin abzulenken, bis ihm etwas einfiel, wie er mich aus dieser misslichen Lage befreien konnte. Eigentlich unglaublich – jetzt hing mein Leben doch tatsächlich von einer sprechenden Katze mit schlechten Manieren ab, noch dazu einer, die ich kürzlich erst sehr, sehr wütend gemacht hatte.

Also bemühte ich mich, das Gespräch mit Diane am Laufen zu halten, aber sie schenkte mir kaum Beachtung, sondern durchstöberte sämtliche Schubladen und Behältnisse auf der Suche nach was auch immer. Ein paar Minuten später schien sie es gefunden zu haben, denn sie kam wieder auf mich zu, um es mir zu zeigen. Ich konnte nur beten, dass Octocat mich noch immer hörte.

Schnell tat ich so, als wolle ich mich gegen meine Fesseln wehren und schaffte es gerade noch, das Telefon außer Sichtweite zu bringen, indem ich es wieder unter meinen Rücken verschwinden ließ.

„Wenn ich du wäre, würde ich das lieber bleiben lassen“, warnte sie mich und hielt das Objekt ihrer Suche in die Höhe, damit auch ich es sehen konnte. Es war ein alter Revolver, auf dessen glattem Metallkörper sich der Schein des Feuers spiegelte. Und obwohl mich die Angst packte, konnte ich meinen Blick nicht von ihm abwenden.

„Richtig kombiniert“, grinste meine Geiselnehmerin mich an, „du wirst leider sterben.”

Meine Gedanken kehrten zurück zu Octocat. Er war verstummt. Entweder war die Verbindung unterbrochen oder aber er hatte sich gelangweilt und beschlossen, das Warten zu beenden. Trotzdem musste ich meinen Plan weiter durchziehen und konnte nur hoffen, dass er da war und mich gemeinsam mit Großmutter hören konnte.

„Ich kann den Mund halten“, flehte ich Diane an. „Keiner wird von mir erfahren, dass du Ethel ermordet hast. Du kannst einfach das Geld nehmen und verschwinden, oder ich gehe. Bitte – lass mich frei.”

„O Angie“, entgegnete sie mit gespieltem Mitleid, „hast du vergessen, wie gut ich dich kenne? Du kannst nicht mal für dich behalten, wer einen Gesangswettbewerb im Fernsehen gewonnen hat. Und da nimmst du allen Ernstes an, dass ich dir gerade in so einer Sache vertrauen würde?“

„Hast du vor, mich zu erschießen?”, fragte ich mit vor Angst zitternder Stimme. Nur zu gerne würde ich vorgeben, dass das nur gespielt war, aber das wäre eine glatte Lüge. Ich hatte ja keine Ahnung, ob mein genialer Fluchtplan überhaupt aufgehen und ich diese schreckliche Situation überleben würde. Sollte das wider Erwarten der Fall sein, würde ich in Zukunft sicher viel weniger für selbstverständlich halten, wie etwa die Schuld oder Unschuld eines Menschen.

Diane versetzte mir einen heftigen Tritt gegen mein Bein und senkte die Waffe von meinem Kopf in Richtung Brust. „Das wäre Plan B“, erwiderte sie kalt.

„Und was ist Plan A?“, flüsterte ich, während mein Herz wie wild zu rasen begann.

„Du magst doch schwimmen, oder Angie?“, fragte sie und trat erneut nach mir. „Ich habe mir überlegt, wir könnten doch am Deadman‘s Wharf ein schönes Nachtschwimmen veranstalten. Was hältst du davon?”

„Deadman‘s Wharf?“, wiederholte ich so laut wie möglich. „Aber der Sog dort ... ich könnte nie ... ich würde ...“ Jetzt weinte ich haltlos.

„Ja, ich weiß.” Eine Art kranke Vorfreude blitzte in ihren Augen auf, während sie mir die Fußfesseln löste. „Los, steh schon auf.“

„Ich will aber nicht dort hin“, jammerte ich. *Bitte, Octocat, bitte, mach, dass du das gehört hast und verstehst, was ich dir zu sagen versuche.*

„Tja, dein Pech, dass es nur darum geht, was ich möchte.“ Mit diesen Worten trat sie mich ein drittes Mal. „Beweg dich!“

Irgendwie musste ich einen Weg finden aufzustehen, ohne dass sie mein Telefon auf dem Boden hinter mir entdeckte. Also zog ich eine große Show ab, indem ich mich scheinbar schwerfällig auf die Füße kämpfte, dann vorwärts stolperte und sie dabei mit mir zu Fall brachte.

„Das wirst du noch bereuen“, knurrte sie, brach dann jedoch in ein gruseliges Lachen aus. „Glücklicherweise wird es nicht mehr allzu lange dauern, bis ich dich los bin.“

Sie zog mich mit sich hoch, bohre mir den Lauf der Pistole in die Rippen und führte mich nach draußen. So wie es aussah, waren wir auf dem Weg nach Deadman's Wharf.

Blieb nur noch zu hoffen, dass wir nicht die Einzigen waren.

* * *

Obwohl wir Dianes großen Luxus-SUV nahmen, war die Fahrt ziemlich holprig und schmerzhaft. In nächster Zeit würde ich mich mit Sicherheit nicht mehr freiwillig und gefesselt auf den Boden eines Fahrzeugs begeben, vorausgesetzt, ich schaffte es überhaupt, diese Nacht zu überleben.

Dieses Miststück hatte mir, nachdem sie mich in den Wagen stieß, erneut die Knöchel fest zusammengebunden und mich während der ganzen Zeit über im Rückspiegel beobachtet. Selbst wenn ich die Kraft gehabt hätte, eine Flucht zu wagen, wäre es unter ihrem wachsamen Blick unmöglich gewesen, diese auch durchzuführen.

Als wir endlich am Deadman's Wharf ankamen, hatte ich bereits kein Gefühl mehr in den Füßen, abgesehen von einem dermaßen schmerzhaften Kribbeln und einer sich immer weiter ausbreitenden Taubheit, sodass ich mir nicht mal mehr zutraute zu stehen, weil die sehr reale Gefahr bestand, jeden Moment umzukippen.

Diane parkte in der Nähe eines der abgedunkelten Gebäude, die den Kai säumten, und suchte prüfend das Gelände ab, bevor sie mich schließlich aus dem Auto hievte.

Der Wind peitschte heftig die Wellen hoch, als sie ihre Nägel in mein Handgelenk grub und mich in Richtung des nächstgelegenen Piers zu zerren versuchte, aber meine Knöchel waren immer noch so fest zusammengezerrt, dass ihr das nur mit Mühe gelang. Also zwang sie mich, kleine Hüpfer zu machen, was schon deshalb besonders schwierig war, weil meine Füße eingeschlafen waren und mein Gehirn vor lauter Angst verrücktspielte.

„Ich habe dich früher mal richtig gerne gemocht", murmelte sie, als wir nach einer gefühlten Ewigkeit die Mitte der Anlagestelle erreicht hatten. „Dich zu töten wird mir wesentlich schwerer fallen, als es bei Ethel der Fall war."

Wenigstens etwas. Sie hatte zwar noch immer vor, mich umzubringen, aber zumindest ein schlechtes Gewissen dabei.

„Du musst das nicht tun", sagte ich mühsam, bevor ich nach einem missglückten Hopser mit dem Gesicht voran auf die alten, verwitterten Planken krachte.

„Hör auf, so dramatisch zu sein", zischte Diane mir ins Ohr, griff unter meine Arme und zog mich unter beleidigt klingendem Ächzen und Stöhnen wieder in eine aufrechte Position. „Ich würde dir ja raten, es mal mit einer Diät zu versuchen, aber ...", äußerte sie sich schnippisch und lachte dann doch tatsächlich auf.

„Spielst du jetzt auch noch auf meine Figur an?", stieß ich hervor. Meine Beine brannten wie Feuer und die neuen Wunden, dort, wo ich mit der Wange auf den Brettern aufgeschlagen war, taten ebenfalls verdammt weh. „Sicherlich fühlst du dich dadurch gleich viel weniger schuldig wegen des Mordes an mir."

Sie erwiderte nichts darauf, beschleunigte lediglich das Tempo in Richtung Ende des Piers.

Verzweifelt versuchte ich, einen Blick über die Schulter zu werfen, um zu sehen, ob Octocat und Großmutter meine Nachricht erhalten hatten und mir zu Hilfe geeilt kamen. Vielleicht war auch ein einsamer Hummerfischer unterwegs, seine Netze zu überprüfen. Möglicherweise käme ja gerade in diesem Moment zufällig ein Auto vorbei ...

Oder aber es kam niemand und ich würde tatsächlich sterben.

Bis zum Ende der Anlegestelle waren es nicht einmal mehr drei Meter. Es herrschte Flut und die Wellen brachen sich so heftig an der Mole, dass sie bis über den Rand schlugen und die Planken unter sich bedeckten. Ich war zwar eine gute Schwimmerin, da ich in der Nähe des Ozeans aufgewachsen war, aber mit gefesselten Händen und Füßen einer derartigen Gewalt des Wasser zu trotzen, war schier unmöglich.

Mir blieb nur noch eine letzte Chance, lebend aus dieser Situation herauszukommen, und es war an der Zeit, sie zu ergreifen. Ich holte tief Atem, duckte mich, setzte zum Sprung an und landete auf Dianes Fuß, wodurch es uns beide quer über den Steg schleuderte.

„Dafür wirst du bezahlen!“, flüsterte sie und massierte sich den Kiefer an der Stelle, wo er auf den harten Brettern aufgeschlagen war. Eigentlich hatte ich damit gerechnet, dass sie lauthals schreien und fluchen würde, aber nichts davon geschah. Für einen kurzen Moment verharrten wir in unserer aktuellen Position und ich schaute mich erneut hektisch nach allen Seiten um, ob nicht doch jemand käme, um mich zu retten. *Octocat,* bettelte ich im Stillen, *Bitte, bitte, hilf mir!*

Dann allerdings realisierte ich, dass ich wahrscheinlich so oder so sterben würde und begann, lauthals zu schreien und mit aller verbliebenen Kraft zu beten, dass jemand in der Nähe sein möge, der es noch rechtzeitig zu mir schaffen möge. „Hilfe! Sie will mich umbringen."

Alles, was ich damit erreichte, war, dass Diane nur noch wütender und entschlossener wurde, es schnellstmöglich hinter sich zu bringen. Humpelnd schaffte sie es zurück auf die Füße. „Danke, dass du es mir so leicht gemacht hast, Angie", stieß sie mit einem beinahe tierischen Knurren hervor, und ihre Augen glühten vor Wut.

Zwar hatten wir das Ende des Stegs noch nicht erreicht, aber anscheinend waren wir nahe genug dran. Sie trat mich wieder und wieder in die Rippen und zwang mich bis an den Rand.

„Nein, bitte, hör auf“, brüllte ich so laut wie möglich in die leere Nacht hinaus.

Zu meiner großen Überraschung hielt sie einen kurzen Moment inne und blickte, ohne den geringsten Anflug von Mitleid, von oben auf mich herab. „Du hattest die Chance, all das auf sich beruhen zu lassen, aber du musstest ja immer weiter in Dingen herumwühlen, die dich nichts angingen. Es ist nicht meine Schuld, sondern einzig und allein deine.“

Mit diesen Worten warf sie sich erneut auf mich und versetzte mir einen Stoß, der ausreichte, um mich direkt vom Pier in den unbarmherzigen Ozean unter mir stürzen zu lassen.

Ich nahm noch einen tiefen Atemzug, bevor ich auf das Wasser traf und die Dunkelheit der aufgewühlten Wellen über mir zusammenschlug.

Damit war zumindest diese Frage geklärt. Jetzt wusste ich es mit Sicherheit …

Ich würde sterben.

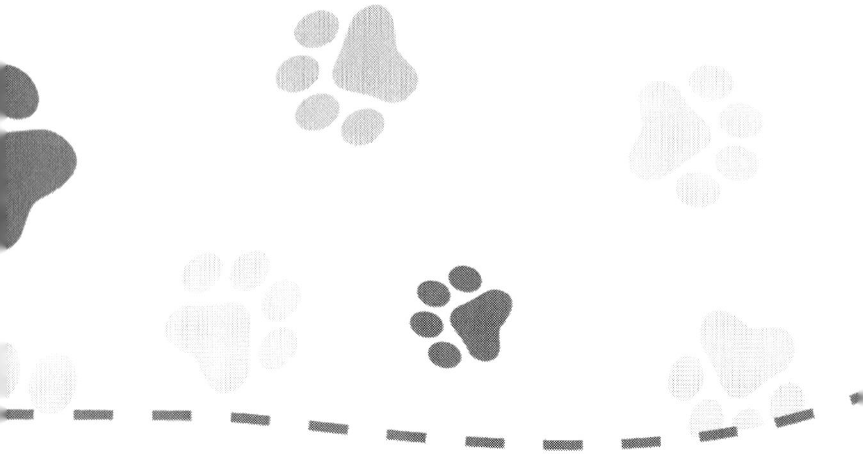

19

Zwei Nahtoderfahrungen innerhalb einer Woche mussten beinahe schon rekordverdächtig sein. Andererseits tickte die Zeit, und ich war mir nicht sicher, wie lange ich noch durchhalten würde. Nein, ich würde diesen Sog von Deadman's Wharf auf keinen Fall überleben; sein Name kam schließlich nicht von ungefähr.

Und selbst wenn sie es jemals schaffen sollten, meine Leiche zu bergen, wäre ich bei weitem nicht die erste Person, die sie aus diesem gefährlichen Abschnitt des Ozeans zogen.

Diane wäre bis dahin längst über alle Berge.

Ich schlug mit meinen gefesselten Armen und Beinen wie wild um mich, sank aber dadurch nur noch tiefer in mein nasses Grab. Das Salz des Meeres brannte in meinen frischen Wunden und eine neuerliche Welle des Schmerzes überrollte mich. Ich bemühte mich, den Atem anzuhalten, selbst als Panik mich zu überwältigen drohte, wusste ich doch, dass es bereits das erste Einatmen des Wassers wäre, das mich letztendlich töten würde.

Allerdings wusste ich auch, dass ich nicht sterben wollte.

Ganz egal, wie schlecht die Chancen auch stehen mochten, ich durfte nicht aufhören zu kämpfen. Also strampelte ich immer weiter und hoffte entgegen jede Vernunft, während die dunklen Tiefen mich zu verschlingen drohten.

Als mein Gehirn aufgrund des Sauerstoffmangels aufzugeben drohte, verschwanden auch die Schmerzen. Mein Körper fühlte sich leichter und wärmer an, fast so, als würde er zurück an die Oberfläche steigen. Wahrscheinlicher war jedoch, dass ich gestorben war, ohne den genauen Zeitpunkt meines Todes bemerkt zu haben, und dass Gott mich nun in den Himmel emporhob. Ich bildete mir sogar ein, ein Licht zu sehen, das mir direkt in die Augen leuchtete.

Und es tat weh.

Bedeutete das womöglich …

Ich war in Sicherheit?

Schließlich schnappte ich doch nach Luft, weil ich den Atem keine Sekunde länger anhalten konnte und spürte sofort wieder meinen Wunden. Schon erstaunlich, diese Fähigkeit des menschlichen Körpers, immer neue Wege einzuschlagen, um Schmerzen zuzulassen, selbst noch in den letzten Minuten vor dem Tod.

Ich hustete, spuckte und spie das irrtümlich eingeatmete Wasser in großen Stößen wieder aus. Ein eiskalter Schauer überlief mich, obwohl ich mich noch vor wenigen Sekunden so warm und friedlich gefühlt hatte. Auch wenn ich mich nach wie vor des Eindrucks nicht erwehren konnte, starke Gewichte zögen mich in die Tiefe, schaffte ich es irgendwie doch, meine Augen gerade lange genug zu öffnen, um zu bemerken, dass ich nicht mehr unter Wasser war.

Jemand zog mich hinauf auf den Pier, und eine weitere Person kletterte hinterher. War er derjenige, der mich an die Oberfläche zurückgebracht hatte?

Leider blieb mir keine Zeit, um ihre Identitäten herauszufinden, denn wieder wurde alles um mich herum dunkel und ich verlor das Bewusstsein.

Ja, *schon wieder.*

Damit hatte ich es allein in dieser Woche auf die stolze Zahl von drei Mal gebracht.

Das war bei weitem das Allerschlimmste.

* * *

Meine Kehle brannte und es fühlte sich an wie Lava, was ich da neben mich auf den Boden erbrach.

Großmutters Stimme war die erste, die ich in dem Durcheinander um mich herum wahrnahm. „Gut so, Liebling, raus mit dem ganzen Zeug."

Ich befolgte ihren Rat und hustete und spuckte, bis es nicht mehr ganz so schlimm weh tat. Als ich mich umsah, wer mich da wohl gerettet haben mochte, blickte ich direkt in ein paar bernsteinfarbene Augen, die in der Dunkelheit mitleidig funkelten.

Halt, nein, es lag kein Mitleid darin, sondern *pure Angst.*

Octocat zitterte am ganzen Körper, und das kam bestimmt nicht von der Feuchtigkeit seines Fells oder der kühlen Nachtluft. „Ich dachte schon, ich hätte dich jetzt auch noch verloren", stieß er zwischen diversen panischen Kätzchenatemzügen hervor.

„Ich bin okay“, sagte ich und streckte die Hand aus, um ihn zu streicheln. Sie war sofort klatschnass und ich fragte mich, ob er mir wohl hinterhergesprungen sein mochte, obwohl er doch jegliches Wasser hasste, das nicht aus einer Evian-Flasche stammte.

Also fuhr ich fort, ihn zu liebkosen, bis er ruhiger wurde und sein grollendes Keuchen einem leisen, zufriedenen Schnurren wich.

„Diane Fulton“, stotterte ich dann, noch immer Wasser hustend. „Ist sie entkommen?“

Ein vertrautes Paar starker Arme hob mich in eine sitzende Position und legte mir eine glänzende, isolierte Decke über die Schultern. „Wir haben sie erwischt“, sagte der Polizist und lächelte mich beruhigend an. Da er genauso durchnässt war wie ich, nahm ich mal an, dass dies der mutige Mann war, der hineingesprungen war, um mich zu retten, bevor Deadman's Wharf mich für immer verschlingen konnte.

Großmutter erschien an meiner Seite, setzte sich auf die Planken und überkreuzte die Beine, so als wären wir auf einer Pyjamaparty und nicht auf einer Rettungsmission. „Das war clever von dir, dein iPad anzurufen“, sagte sie, darauf bedacht, sämtliche direkten Verweise auf Octocats Part bei dieser Aktion unerwähnt zu lassen. „Es war uns sogar möglich, Dianes Geständnis und ihre Absicht, dich umzubringen, aufzuzeichnen. Das iPad mussten wir natürlich der Polizei als Beweismittel übergeben", verriet sie und massierte mir durch die Decke hindurch die Schultern. „Es war einfach nur schrecklich, all das mit anzuhören, und als dann auch noch die Verbindung abbrach ..."

Als ich mir die Ereignisse des heutigen Abends aus der Perspektive meiner armen Oma vorzustellen versuchte, zog sich mein Herz zusammen. Zum Glück war sie hart im Nehmen, und auch ich schien alles gut überstanden zu haben.

„Natürlich musst du mir jetzt ein neues iPad kaufen", fügte Octocat hinzu und kuschelte sich unter der Decke an mich. „Und nach allem, was du mir heute Abend zugemutet hast, sollten es vielleicht sogar zwei von diesen Dingern werden."

„Sie haben genau das Richtige getan", schaltete sich jetzt auch einer der Beamten ein. „Ihr beherztes Denken und Handeln hat Ihrer Tochter das Leben gerettet."

„Nun, eigentlich ist sie meine Enkelin", kicherte Großmutter und zwirbelte kokett eine Haarlocke, während sie den Polizisten von oben bis unten musterte. Allerdings war der viel zu jung, um auf diesen Flirtversuch einzugehen. „Wie war noch mal gleich Ihr Name?“

Manche Dinge schienen sich nie zu ändern, und das war auch gut so.

„Polizeiobermeister Damon Bouchard, gnädige Frau.“ Er lächelte sie freundlich an, ich aber spürte, wie sie sich angesichts dieser höflichen Anrede versteifte. Ihre kleine Schwärmerei war genauso schnell vorbei, wie sie begonnen hatte, was ganz gut war, wenn man bedenkt, dass wir uns wirklich um genug anderes zu kümmern hatten.

„Sind Sie bereit, in den Krankenwagen zu steigen?“, fragte in diesem Moment ein weiterer Beamter – dieses Mal eine Frau –, die über den Pier auf uns zukam.

„Darf ich meine Katze mitnehmen?“

Offizier Bouchard zuckte mit den Schultern und wandte sich Hilfesuchend an seine Kollegin. „Ich schätze mal, mit uns mitfahren kann sie schon, aber ins Krankenhaus darf sie leider nicht hinein.“

„Aber …“ Ich zögerte. Nach allem, was wir gerade durchgemacht hatten, wollte ich mich so bald nicht wieder von ihm trennen.

„Ist schon okay, Liebes“, mischte Großmutter sich ein und konzentrierte sich erneut auf mich.

„Ich werde mich um ihn kümmern, bis du gesund genug bist, um nach Hause zu kommen."

„Könnten Sie mir noch einen Moment mit ihm allein geben?", wandte ich mich an die Beamten, wohl wissend, wie verrückt diese Bitte klang.

„Ähm, sicher", antwortete Bouchard.

„Wir warten gleich dort drüben", fügte die zweite Polizistin hinzu und deutete irgendwo nach rechts, aber ich schenkte ihr keine Beachtung.

„Du kannst ruhig dableiben, Oma", sagte ich, als sie sich aufrichten und ebenfalls entfernen wollte.

Also ließ sie sich erneut neben mir nieder und schlang beide Arme um mich; dann warteten wir gemeinsam, bis wir uns sicher sein konnten, die nötige Privatsphäre zu haben.

„Danke, dass du mein Leben gerettet hast", flüsterte ich in Richtung meiner Brust, wo Octocat sich nach wie vor eng an mich kuschelte. „Es tut mir leid, dass ich dich angeschnauzt habe, und ich entschuldige mich für all die Male, die ich unhöflich zu dir war oder dich nicht verstanden habe. Während dieser letzten Woche bist du zur wichtigsten Person in meinem Leben geworden ... naja, außer Oma, meine ich ...und ich bin so froh, dich in meinem Leben zu haben. Kannst du mir vergeben?“

Ein paar Sekunden lang herrschte angespanntes Schweigen, bevor Octocat sich schließlich aus der Wärme der Decke löste und sich vor mir auf dem Pier aufbaute. „Du bist ebenfalls mein bester Freund“, sagte er, rieb seinen Kopf an meiner Hand und schnurrte aufrichtig. „Aber solltest du mich noch einmal am Genick packen, bringe ich dich höchstpersönlich um und esse die Beweise auf.“

Ich brach in Gelächter aus und Großmutter fiel mit ein, obwohl sie nicht wirklich wusste, um was es ging.

„Danke, dass du Ethel gerächt hast“, sagte er, nachdem wir uns wieder beruhigt hatten. „Sie hätte dich gerngehabt, weißt du.“

Bei diesem Kompliment stiegen mir die Tränen in die Augen. *Bäh,* noch mehr Salzwasser war nicht das, was ich gerade brauchte. Dennoch, wenn man bedachte, wie toll ihre Katze war, hätte ich sie jede Wette ebenfalls gemocht.

20

Ich fühlte mich gut – alles in allem –, aber das Krankenhaus bestand darauf, mich für mindestens vierundzwanzig Stunden da zu behalten, da ich noch immer in Gefahr war, meinem Beinahe-Ertrinken zu erliegen.

Als ein vertrautes Gesicht in meinem Zimmer auftauchte, stöhnte ich hörbar auf.

„So …“, sagte Dr. Arie Lewis, derselbe Arzt, der mich Anfang der Woche bereits in der Notaufnahme behandelt hatte, und bedachte mich mit einem widerlich breiten Grinsen. „Sie haben sich also entschieden, dieses Mal den Einsatz zu erhöhen, was? Das wahre Leben ist aber kein Actionfilm. Sie können nicht permanent Ihr Leben aufs

Spiel setzen und erwarten, dass Sie das irgendwie überstehen."

Ja, das war der gleiche Typ, der mir beim ersten Besuch schon das Gefühl gegeben hatte, ich wäre ein kompletter Idiot, weil ich mich von der Bürokaffeemaschine bewusstlos hatte schlagen lassen. Es war erschütternd zu erkennen, dass sein Umgang mit Patienten sich seitdem keinen Deut gebessert hatte.

Sein Kopf schnellte in die Höhe und er ignorierte die Tatsache, dass ich weder auf seinen Gruß noch auf seinen Ratschlag reagiert hatte. „Ertrinken ist definitiv die eindrucksvollere Art, um das Bewusstsein zu verlieren. Dieses Mal haben Sie ganze Arbeit geleistet."

Hatte er mir gerade ein Kompliment über meine Methode der Selbstverstümmelung gemacht? Klar, weil ich das ja auch perfekt unter Kontrolle hatte. Kurz fragte ich mich, ob der nicht so gute Doc außerhalb seines Kliniklebens vielleicht jemand war, der den Nervenkitzel suchte. Er schien richtig aufgeregt, als er die Details meines Beinahe-Ertrinkens aufzählte.

„Lassen Sie mich doch bitte in Ruhe", brach ich schließlich flehend mein Schweigen. Hatte ich an diesem Tag nicht schon genug durchgemacht?

Immerhin wäre ich fast gestorben, verflucht noch mal!

Er warf mir einen vernichtenden Blick zu, bevor er kichernd mehr zu sich selbst sagte: „Nein, das geht leider nicht. Dieses Mal brauchen Sie viel mehr als nur normales Tylenol. Und ein kleines Lächeln würde Ihnen auch nichts schaden."

Hätte ich noch Kraft gehabt, wäre ich aus dem Bett gesprungen und hätte ihm eine verpasst, aber für heute hatte ich von Gewalt die Nase voll – auch wenn es den Anschein machte, als wäre dieser Arzt aus dem gleichen schäbigen Holz geschnitzt wie mein meistgehasster Kollege, Brad.

Vielleicht war es an der Zeit, sich mit einigen alternativmedizinischen Therapien zu beschäftigen – oder damit aufzuhören, sich jeden zweiten Tag bewusstlos schlagen zu lassen. Beides wäre eine Option.

„Ich schaue später nochmal vorbei", verkündete Dr. Lewis nach einem kurzen Blick auf meine Vitalwerte, „Ach, übrigens, im Vorraum warten Besucher auf Sie. Soll ich sie hereinschicken?"

„Ja, bitte." Ich nickte aufgeregt und hoffte, Großmutter hätte doch noch einen Weg gefunden, um Octocat heimlich hereinzuschmuggeln. Zutrauen würde ich es ihr ja.

Leider war es nicht sie, die mich sehen wollte; wenige Minuten später trat Mr. Fulton ein, gefolgt von Bethany. Mein Chef trug einen riesigen rosa Teddybär, auf dem *Es ist ein Mädchen* stand, was mich zum Kichern brachte.

Aua. Das Lachen tat noch verdammt weh.

„Wie geht es dir?”, erkundigte sich Bethany und fuhr mit den Fingern den Rahmen am Fußende meines Bettes entlang. Ich hatte sie noch nie in anderen Kleidern als ihrem Büro-Outfit gesehen und fand ihren persönlichen Stil ziemlich cool. Sie trug eine rotgepunktete Hose mit einer weißen Button-down-Bluse, eine Kombination, die sowohl zu Großmutters wie auch meiner eigenen Garderobe perfekt gepasst hätte.

„In Anbetracht der Umstände, ganz okay.“ Ich lächelte, um ihr zu zeigen, dass es mir gut ging und dass es keine Missverständnisse zwischen uns gab.

„Es tut mir so leid, dass meine Frau Sie fast umgebracht hätte“, schaltete Mr. Fulton sich ein. Seine Aussage überraschte mich. Immerhin war ich erst seit wenigen Stunden im Krankenhaus. Von daher kam es mir seltsam vor, dass er und Bethany bereits über die Vorfälle im Bild waren.

„Wie haben Sie so schnell davon erfahren?“ Ich fragte mich, wie viel genau er darüber wusste, was zwischen mir und Diane vorgefallen war und ob man ihm bereits gesagt hatte, dass sie auch für den Tod seiner geliebten Tante verantwortlich war.

Er beeilte sich, mich aufzuklären. „Ich kam früher als geplant von meiner Reise nach Hause. Vor dem Haus entdeckte ich Ihr Auto, und die Tür stand weit offen. Kurze Zeit später tauchten Beamte auf und holten mich zum Verhör ab. Sagen wir es einfach so, sie haben mich über die schockierenden, außerplanmäßigen Aktivitäten meiner Frau aufgeklärt."

„Und du?", wandte ich mich an Bethany. Plötzlich erinnerte ich mich wieder daran, dass Diane zwischen zwei ihrer wahnsinnigen Tobsuchtsanfälle irgendetwas erwähnt hatte, dass sie seine Tochter sei. Ich hatte noch so viele Fragen dazu und hoffte, sie würden unaufgefordert damit anfangen, aber genau genommen ging es mich eigentlich nichts an.

Bethany warf ihrem Begleiter einen nervösen Blick zu. „Er rief mich auf dem Weg hierher an."

„Ist schon okay", beschwichtigte ich sie und schaffte es mal wieder nicht, cool zu bleiben. „Diane hat mir die Wahrheit gesagt, denke ich zumindest."

Ich wandte mich an Mr. Fulton. „Ist sie tatsächlich Ihre Tochter?“

„Ja“, antworteten beide einstimmig und sahen mich mit ähnlichem Gesichtsausdruck an.

„Wieso hast du mir das nicht einfach gesagt?“, fragte ich Bethany und erinnerte mich wieder an sie Szene, die ich ihr bei der Trauerfeier gemacht hatte. Natürlich fühlte ich mich deswegen jetzt ganz schrecklich.

„Ich wollte nicht, dass es bekannt wird“, erklärte Mr. Fulton. „Diane war eh schon aufgeregt genug.“

Ich blickte wieder zu ihr hinüber. „Wusstest du es die ganze Zeit über?“

„Nein, nicht von Anfang an. Zwar hatte ich so einen Verdacht, dass er mein auf mysteriöse Weise verschollener Vater sein könnte, als ich meine Stelle in der Firma antrat, aber wir haben es gerade erst durch einen DNA-Test verifizieren lassen. Trotzdem war das genau der Grund, warum ich mich überhaupt dort beworben hatte.“

Mein Chef sah aus, als müsse er sich jeden Moment übergeben, während er erklärte: „Ich habe Diane anfangs, als wir gerade zusammenkommen waren, betrogen. Zwar nur ein einziges Mal, aber …“

„Meine Mutter wurde prompt schwanger“, ergänzte Bethany. „Ich hatte in den letzten Jahren einige seltsame ... nun ja, gesundheitliche Probleme und mich von daher erkundigt, welche Optionen es gäbe. Also hat meine Mutter schlussendlich klein beigegeben und mir mehr über meinen Vater erzählt.“

„Oh.“ Mehr fiel mir im Moment nicht dazu ein. Für Diane war es natürlich scheiße, dass ihr damaliger Freund sie betrogen hatte. Sicher, sie waren zu dieser Zeit noch nicht verheiratet gewesen, aber immerhin zusammen. Man geht ja immer davon aus, dass einem der Partner treu ist – aber andererseits käme man auch nie auf die Idee, dass er oder sie versuchen könnte, jemanden zu ermorden, der einem wichtig ist.

„Wir dachten uns, da du Dank Diane bereits Teil des Familiendramas wurdest, hättest du es zumindest verdient, die ganze Geschichte zu erfahren“, schniefte sie.

„Es tut mir so leid, Bethany. Ich war schrecklich zu dir.“ Plötzlich stürzte alles auf mich ein. Sie musste ohne Vater aufwachsen, hatte gesundheitliche Probleme, die sie nicht preisgeben wollte und erst kürzlich eine Tante verloren, die sie nie kennenlernen durfte.

„Ja, das hast du allerdings“, entgegnete sie mit einem Stirnrunzeln, das sich jedoch schnell in ein Lächeln verwandelte. „Aber ich habe dich bei so vielen anderen Gelegenheiten ebenfalls mies behandelt, sodass wir jetzt eigentlich quitt sein dürften. Lass uns damit aufhören, uns gegenseitig runterzumachen und uns stattdessen lieber unterstützen, okay?“

„Gerne. Wir Mädels müssen doch zusammenhalten“, stimmte ich zu. „Übrigens, mir gefällt dein Outfit.“

Bei diesem Kompliment errötete sie.

„Nochmals, es tut mir so leid, dass meine Frau versucht hat, Sie umzubringen“, sagte Mr. Fulton mit schmerzverzerrter Miene. „Und mir ist nach wie vor schleierhaft, warum überhaupt. Können Sie sich das erklären?”

Beide blickten mich neugierig an.

Ich holte tief Luft, um mich zu sammeln und erklärte dann: „Sie dachte, ich hätte übernatürliche Kräfte und alles herausgefunden. Im Zuge dessen gestand sie mir, wie sie den Plan gefasst hatte, Ethel zu ermorden, um auf diese Weise im Falle einer Scheidung mehr Geld aus Ihnen herausholen zu können.“

Mr. Fulton seufzte und schüttelte den Kopf.

„Und, hast du?“, fragte Bethany leicht atemlos, während sie auf meine Antwort wartete.

Verwirrt verzog ich das Gesicht. „Ich habe was?“

„Übersinnliche Kräfte“, bohrte sie nach.

„Was?“, lachte ich nervös auf. Niemand außer Großmutter durfte jemals die Wahrheit über mich und Octocat erfahren. „Nein, natürlich nicht, sei nicht albern.”

Sie lachte ebenfalls. „Ich wollte nur prüfen, ob du nach dem massiven Sauerstoffverlust noch klar bei Verstand bist.“

Herr Fulton legte seiner Tochter eine Hand auf die Schulter. „Bethany, würdest du uns einen Moment allein lassen?“

„Klar, Ich werde draußen auf dich warten“, antwortete sie und lächelte mir noch einmal zu, bevor sie den Raum verließ und die Tür hinter sich zuzog.

Fulton schnappte ich einen Stuhl und zog ihn neben mein Bett. „Ich denke, es versteht sich von selbst, dass ich aus der Firma ausscheiden werde.“

Zwar nickte ich, kapierte aber nicht, was das mit mir zu tun hatte.

„Ich werde diesen Vorfall tatsächlich als Gelegenheit nutzen, mich zurückzuziehen, meine

Tochter kennenzulernen und zukünftig das Leben fernab der Arbeit zu genießen."

„Das ist eine großartige Idee." Obwohl ich mich für ihn freute, fiel es mir zunehmend schwerer, meine Begeisterung aufrechtzuerhalten. Aufgrund all der Erkenntnisse, die ich an diesem Tag gewonnen hatte, fühlte mein Gehirn sich bleischwer an und ich sehnte mich nach Ruhe.

„Ich hatte die ganze Zeit über nicht die geringste Ahnung, was Diane vorhatte und bedauere es außerordentlich, dass Sie da mit hineingezogen und verletzt wurden." Er griff in seine Jackentasche und zog sein Scheckbuch heraus. „Natürlich weiß ich, dass ich es nie wieder gutmachen kann, aber lassen Sie mich Ihnen zumindest irgendwie helfen. Währen einhunderttausend genug, damit Sie mir ... sagen wir mal so, vergeben könnten?"

Ich streckte meine Hand nach der seinen aus, konnte sie aber nicht erreichen. „Sie müssen mir kein Geld geben. Ich habe Ihnen schon längst verziehen."

„Bitte lassen Sie mich doch etwas tun. Dieses Geld und noch weit mehr sollte bei der Scheidung Diane zugesprochen werden, aber jetzt, wo sie wahrscheinlich den Rest ihres Lebens im Gefängnis verbringen wird, habe ich plötzlich so viel mehr, als ich je für mich brauchen werde.“ Er schien so traurig, so verzweifelt, dass er mir als Entschädigung ein kleines Vermögen zukommen lassen wollte, obwohl er selbst doch nie etwas Falsches getan hatte. Nun, zumindest nicht in den letzten dreißig Jahren.

„Ich brauche wirklich nichts“, entgegnete ich entschieden, bemerkte jedoch, kaum dass ich diese Worte ausgesprochen hatte, dass sie nicht ganz der Wahrheit entsprachen.

Mr. Fulton musste meine innerliche Zerrissenheit bemerkt haben, denn er bohrte weiter: „Ich sehe doch, dass Sie das tun. Wie wäre es mit hundertfünfzigtausend? Zweihunderttausend? Nennen Sie mir einfach eine Summe.“

Für einen winzigen Moment erlaubte ich mir die Vorstellung, wie mein Leben mit so viel Geld aussehen würde. Ich könnte aufhören zu arbeiten, eine beträchtliche Anzahlung für ein eigenes Haus leisten oder sogar ein paar Jahre frei nehmen, um die Welt zu bereisen.

Ich könnte alles tun, was mein kleines Herz begehrte,

Aber ehrlich gesagt gefiel mir mein Leben, egal wie glanzlos es einem Außenstehenden erscheinen mochte. Klar wollte ich eines Tages reich sein – *wer nicht?* –, aber ich wollte mein Glück auf meine eigene Art und Weise machen.

Dennoch gab es eine Sache, die ich mir tatsächlich wünschte und die nur er mir geben konnte.

„Eine Bitte hätte ich tatsächlich, wenn ich die vorbringen darf“, sagte ich und fuhr mir mit der Zunge über meine rissigen, trockenen Lippen.

Er richtete sich auf und ließ seinen Stift über dem Scheckbuch schweben. „Was immer Sie möchten. Nennen Sie Ihren Preis.“

„Hätten Sie etwas dagegen, wenn ich die Katze behalte?“, fragte ich und hielt in Erwartung seiner Antwort den Atem an.

Er klappte sein Büchlein zu und starrte mich verständnislos an. „Die Katze?“, fragte er verwirrt.

„Ja, Octavius Maxwell …“ Ich brach in Gelächter aus. „Sie wissen schon, Ethels Kater, auf den ich diese Woche aufgepasst habe.“

„Stimmt ja, der Kater!” Endlich blitzte Erkenntnis in seinen Augen auf. „Den habe ich ja bei allem, was in den letzten Tagen so passiert ist, komplett vergessen.“

Ich lächelte und wartete auf seine Entscheidung.

Diese kam mit einem Augenzwinkern, das ich

nicht wirklich zuordnen konnte. „Natürlich kann er bei Ihnen bleiben. Sobald Sie sich zu Hause wieder eingelebt haben, lasse ich Ihnen all seine Sachen vorbeibringen."

Mein Herz quoll über vor Freude darüber, dass ich das Tier behalten durfte, das ich bis vor kurzem noch als Fluch meiner Existenz betrachtet hatte, jetzt aber um nichts in der Welt mehr hergeben würde – nicht einmal für zweihunderttausend Dollar.

„Vielen, vielen Dank", rief ich Mr. Fulton glückstrahlend hinterher, als dieser sich zum Gehen wandte.

Ich konnte es kaum erwarten, nach Hause zu kommen und Octocat die gute Nachricht zu überbringen.

* * *

Für die nächsten zwei Wochen wurde ich von der Arbeit freigestellt, um mich von meinem Martyrium erholen zu können. So verbrachten Octocat und ich die meiste Zeit damit, auf der Couch herumzulümmeln und im Fernsehen unsere Lieblingssendungen zu verfolgen. Wir entdeckten sogar eine Serie über einen

Katzentrainer, die wir beide urkomisch fanden. Jedes Mal, wenn der *Experte* die Gefühle der Katze interpretierte, korrigierte Octocat ihn, und wir beide brachen in schallendes Gelächter aus.

Gleich in den ersten Tagen meines Zwangsurlaubs – ja, sie hatten mich wirklich dazu zwingen müssen – wurde per Kurier ein Päckchen angeliefert.

„Was ist das denn?“, rätselte ich, nachdem ich auf der gepunkteten Linie des Übergabescheins unterschrieben hatte.

Octocat zuckte nur mit den Schultern, trottete davon und überließ mich der mysteriösen Postsendung. Es war ein sehr dicker Umschlag.

„Was ist denn da drinnen?“ Irgendwann kam er doch zurück und setzte sich neben mich auf dem Tisch, während ich noch über den Inhalt des grübelte.

„Ich habe ehrlich gesagt keine Ahnung“, antwortete ich, während ich an den Verschlussklammern herumfummelte.

„Dann mach ihn doch endlich auf! Ich sterbe fast vor Neugier.“

Mir erging es nicht viel anders.

Nachdem ich ein Bündel mit Papieren herausgezogen hatte, überflog ich schnell die erste Seite und blätterte dann weiter, wobei ich bei jedem weiteren Abschnitt des juristischen Dokuments nur kurz die Überschriften las.

„Sag mal, Octocat“, murmelte ich, unfähig, meinen Blick abzuwenden, „wie war gleich noch mal dein vollständiger Name?“

„Octavius Maxwell Ricardo Edmund Frederick Fulton Russo“, sagte er, wobei er jede Silbe von seiner Sandpapierzunge abrollen ließ.

„Oha“, gurrte ich. „Du hast meinen Nachnamen hinzugefügt.“

„Natürlich habe ich das. Du bist jetzt immerhin mein Mensch“, erwiderte er mit einem liebenswerten Zucken seiner Schnurrhaare.

„Tja, aus rechtlichen Gründen wirst du Russo allerdings weglassen müssen.“

„Warum?“

Ich schob ihm die Papiere hinüber, obwohl er noch nicht sehr gut lesen konnte.

„Was steht da drinnen?“ Sein Schwanz zuckte vor Aufregung.

„Das sind die Dokumente über den Treuhandfonds, den Ethel in deinem Namen eingerichtet hat. Da du jetzt bei mir wohnst, bin ich dein offizieller Vormund und damit Garant deines Vermögens.“

Er gähnte. „Und das bedeutet?“

„Zwei Dinge“, sagte ich und ein riesiges Lächeln breitete sich auf meinem Gesicht aus. „Zum einen gehörst du jetzt von Rechts wegen mir. Und zweitens erhalten wir monatlich eine Summe von fünftausend Dollar, die dir den Lebensstil garantieren soll, den du gewohnt bist.“

Octocats Augen wurden groß vor Staunen.

„Endlich!“, rief er aus. „Wusste ich es doch, dass Ethel mich nicht vergessen würde. Dann lass uns doch gleich mal über die aktuelle Wohnsituation reden …“

LASS DICH AUF MOLLYS E-MAIL-LISTE SETZEN …

… und erhalte ein tolles, digitales Geschenkpaket als Dankeschön, einschließlich einer exklusiven Geschichte, einem lustigen Quiz und vielen niedlichen Katzenbildern!

www.katzengeheimnisse.com/abonnieren

BUCH ZWEI IN DIESER REIHE

Katzendetektiv trifft auf Hundezeugen ... Was sollte da schon schiefgehen?

Ich habe mich endlich mit der Tatsache abgefunden, dass ich mit Tieren sprechen kann, auch wenn das einzige Tier, das mir jemals antwortet, eine mürrische, getigerte Katze ist, die ich Octocat nenne. Noch weiß ich allerdings nicht wirklich, wie ich mein Geheimnis vor anderen verbergen kann ...

Jetzt hat einer der Mitarbeiter meiner Anwaltskanzlei dieses seltsame, neue Talent von mir entdeckt und besteht darauf, dass ich ihm helfe, damit sein Klient von einer doppelten Mordanklage freigesprochen wird. Octocat jedoch verspürt nicht die geringste Lust dazu, uns zu unterstützen.

Unsere einzige Hoffnung ruht jetzt auf einem verstörten Yorkie namens Yo-Yo, der noch nicht ganz kapiert hat, dass seine Besitzer tot sind. Werden wir einen Weg finden, Yo-Yo dazu zu bringen, uns bei der Aufklärung des Mordes zu helfen, ohne sein armes Hundeherz zu brechen?

Lies dieses Buch jetzt > http://www.katzengeheimnisse.com/MissDolittlesGeheimnisSerie

KURZE VORSCHAU AUF DAS NÄCHSTE BUCH

Hi, ich bin Angie Russo, und mein Haustier – ein Kater – kann sprechen. Nun ja, er spricht zwar nur mit mir, aber immerhin. Inzwischen sind schon wieder einige Monate vergangen, seit er zu mir kam, nachdem seine Besitzerin ermordet wurde. Sie war eine ganz liebe alte Dame, die von einem gierigen Mitglied ihrer eigenen Familie, das an ihr Erbe wollte, vergiftet wurde.

Seitdem versuchen Octocat und ich, uns an unser neues Leben in der Wohngemeinschaft

zu gewöhnen. Meistens ist er nett zu mir, zumindest, solange ich ihm pünktlich sein Frühstück serviere und ihn auf keinen Fall „Kätzchen" rufe. Das mag er überhaupt nicht! Er hat sogar gelernt, sein iPad zu benutzen und mich über Face-

Time anzurufen, damit wir miteinander kommunizieren können, während ich im Büro bin.

Ganz recht – *sein* iPad.

Habe ich schon erwähnt, wie verwöhnt er ist?

Er hat nicht nur sein eigenes Tablet – und einen Treuhandfonds für seinen Unterhalt –, er besteht auch noch darauf, Evian-Mineralwasser frisch aus der Flasche zu trinken. Und zu essen gibt es ausschließlich ausgesuchte Lieblingsspeisen, die nur auf speziellem Geschirr und zu streng einzuhaltenden Zeiten serviert werden dürfen.

Ich muss zugeben, er hat sich in mein Herz geschlichen, etwas, das ich mir anfangs ehrlich

nicht hätte vorstellen können. Momentan mag ich sogar meinen Job als Rechtsanwaltsgehilfin bei Fulton, Thompson und Partner. Die Dinge und Tage waren ziemlich aufregend, seit die Fultons abrupt die Stadt verließen und unsere Firma ihren Seniorchef verlor.

Ein knallharter Konkurrenzkampf um seine Nachfolge ist entbrannt. Aber bis Mr. Thompson eine Entscheidung trifft, wen er befördert, sind wir schlichtweg „Thompson und Partner."

Jede Menge Kandidaten – sowohl von innerhalb der Firma wie auch von außerhalb – haben schon unser Büro durchlaufen, in der Hoffnung, den begehrten Top-Job in Blueberry Bays angesehenster Anwaltskanzlei zu ergattern, aber Thompson wollte oder konnte sich offenbar noch nicht festlegen.

Ich kann ihm das nicht verdenken. Ich jedenfalls möchte definitiv nicht in seiner Haut stecken.

Unsere Firma ist jetzt zumindest berühmt-berüchtigt, nach dem überraschenden Mordfall, in den einer ihrer Partner und seine Familie verwickelt waren. Jeder wollte natürlich wissen, was da passiert ist, aber Mr. Thompson ermahnte uns und machte uns deutlich, dass wir kein Recht hätten, die Sache mit irgendjemandem zu diskutieren.

In der Zwischenzeit hatte er für den Übergang einen neuen Partner eingestellt, der uns helfen soll, unser erhöhtes Arbeitspensum zu schaffen. Charles Longfellow, der Dritte (!), kam zu uns, auf Empfehlung und mit ausgezeichneten Referenzen, die nur noch durch sein Aussehen übertroffen werden.

Es ist schon eine ganze Weile her, dass ich mich in jemanden verguckt habe – aber mein Gott – bei Charlie hat es mich so richtig erwischt. Er hat dieses dicke, gelockte Haar, das ihm in perfektem Schwung in die Stirn fällt. Dazu ist er groß gewachsen – wie man sich vielleicht einen Basketballspieler auf der Highschool (aber nicht unbedingt auf der Uni) vorstellt, und man kann sich leicht in seinen dunkelgrünen Augen verlieren. Ich weiß das deshalb, weil es mir schon öfters passiert ist …

Jawohl, sosehr ich normalerweise auch Bücher den Jungs vorziehe – wenn Charlie in der Nähe ist, schwebe ich auf Wolke sieben und werde nervös. Das ist wohl auch der Grund dafür, dass ich so einen kolossalen Fehler begangen habe …

Jetzt werde ich mit meinem größten Geheimnis erpresst – der Tatsache, dass ich mit Tieren sprechen kann.

Was so schlimm daran ist? Dass es mir sogar gefällt!

Aber vielleicht sollte ich am Anfang beginnen, oder?

Ich versuche es einfach mal …

* * *

Octocat rief mich kurz vor zwölf Uhr mittags über FaceTime an. Ich war natürlich im Büro, aber nachdem er genau wusste, dass er mich dort nur im Notfall kontaktieren durfte, entschied ich mich, das Gespräch anzunehmen, wofür ich meine Arbeit unterbrechen musste. Immerhin hatten schon fast alle das Büro verlassen, um sich zu einem frühen

Mittagessen zu treffen. Also war ich mehr oder weniger allein im Gebäude.

„Was ist denn los?", fragte ich, während ich meinen Blick über die Räumlichkeiten wandern ließ, nur um sicher zu sein, dass auch wirklich alle weg waren. Normalerweise ging ich für Telefonate mit Octocat extra auf die Toilette, aber dort hatte sich ein Juniorpartner vor seinem Weggang mindestens eine halbe Stunde lang verbarrikadiert, sodass dieser Ort für eine Weile bestimmt nicht angenehm für denjenigen war, der ihn als Nächsten aufsuchen musste.

„In meinem Evian-Wasser schwimmt eine Fliege", beklagte sich mein Kater lautstark mit einem klagenden Miauen. Sein Gesicht sah völlig aufgelöst aus, als er es für mich extra nahe an die Kamera hielt.

„Oh, du armes Ding", gurrte ich, während ich außerhalb seines Blickfeldes die Augen verdrehte. Octocat war eindeutig zu verwöhnt und schadete sich damit manchmal selbst. Aber andererseits erhielt ich immerhin monatlich fünftausend Dollar für seine Pflege, also durfte ich mich wohl nicht zu sehr beschweren?

„Genau was ich denke", antwortete er mit einer Grimasse und einem leichten Seufzen. „Du musst sofort heimkommen, um diese Situation zu bereinigen."

„Tut mir leid, das kann ich nicht. Ich bin im Büro", erinnerte ich ihn mit einem ähnlich gequälten Seufzer, während ich träge durch meinen übervollen E-Mail-Posteingang scrollte.

Octocat knurrte, als er merkte, dass ich ihm nicht meine volle Aufmerksamkeit schenkte. „Ich dachte, du wolltest jetzt nur noch Teilzeit arbeiten?"

Weshalb musste ich einer Katze nur dauernd meine Lebensentscheidungen erklären? Er merkte sich ohnehin nur selten, was ich ihm sagte. Wir hatten exakt die gleiche Unterhaltung über meinen Job mindestens schon drei Mal geführt. Diese ständigen Wiederholungen würden daran auch nichts ändern.

Aber trotzdem war es wohl einfacher, alles nochmal zu erläutern, als wieder einen seiner kleinen Wutanfälle zu riskieren.

„Ja, auf dem Papier arbeite ich Teilzeit", erklärte ich geduldig, „aber solange Mr. Thompson nicht endlich einen neuen Partner einstellt, muss ich Überstunden machen. Hier ist wirklich sehr viel los und leider kann ich deswegen jetzt nicht einfach kurz mal nach Hause kommen, nur um dir neues Evian in deine Schale einzugießen. Tut mir wirklich leid."

Seine Augen zogen sich ärgerlich zusammen, in Vorbereitung auf einen kleinen Privatkrieg, nur um sich bei diesem lächerlichen Dialog durchzusetzen. „Aber bekommst du nicht eine wirklich anständige, monatliche Summe, um sicherzustellen, dass ich die reguläre, mir zustehende Behandlung erhalte? Ich bin es jedenfalls ganz bestimmt nicht gewohnt, dass in meinem Evian eine halbtote Fliege schwimmt!"

Und schon wieder war es einfacher nachzugeben, als weiter stundenlang zu diskutieren. *„In Gottes Namen*! Ich schicke dir Großmutter vorbei, damit sie dir frisches Wasser gibt. Bist du jetzt zufrieden?"

Er gähnte, was mich noch mehr ärgerte. „Nicht wirklich. Ich werde Tage brauchen, um mich von diesem Schockerlebnis zu erholen. Bitte stell sicher, dass Großmutter auch weiß, dass sie die eklige Tasse jetzt wegwerfen muss."

„Du bist ein Kater", presste ich zwischen zusammengepressten Zähnen hervor. „Du solltest ein gefährlicher Jäger sein, kein verwöhntes Baby. Weißt du, andere Katzen sind sogar ..."

„Angie?" Eine tiefe, verträumte Stimme unterbrach unsere Unterhaltung.

Oh, nein, nein, und nochmals nein. Es sollte doch jeder das Haus verlassen haben!

Ich wirbelte auf meinem Stuhl herum und sah keinen Geringeren als Charles Longfellow, den Dritten, hinter mir stehen. Er glotzte über meine Schulter auf das Display meines Telefons und sah … Octocat.

„Oh, hallo Charles." Nervös drückte ich auf die Taste, um das Telefonat zu beenden, aber es war bereits zu spät. Er musste schon mehr als genug gehört und gesehen haben, um hinter mein Geheimnis zu kommen. Ich konnte bestenfalls darauf hoffen, dass er schlichtweg annahm, einer von uns – oder auch beide – wären verrückt geworden.

Immerhin war es schon mal ein gutes Zeichen, dass er mich anstarrte, als wäre mir ein zweiter Kopf gewachsen. Das wäre vermutlich leichter zu verstehen gewesen als das, was er tatsächlich beobachtet hatte.

„Alles okay mit dir?", fragte er schließlich und zog eine seiner dicken Augenbrauen hoch. Die Luft im Büro fing plötzlich an zu knistern und wurde so dünn, als wären wir auf den Gipfel des nächsten Gebirges gebeamt worden.

Ich nickte und wünschte mir inständig, er würde aufhören zu fragen und endlich wieder gehen. „Alles wunderbar. Danke“, log ich und hoffte, ich hätte zumindest ein wenig von Großmutters Schauspieltalent geerbt. Allerdings sah es so aus, als ob sich mein Kollege von meinen kläglichen Versuchen, die Situation herunterzuspielen, nicht täuschen ließ.

Seine Stimme troff vor Sarkasmus, als er sagte „Bist du dir sicher? Denn es hörte sich ganz so an, als bräuchte deine Katze etwas Hilfe ...“ Und natürlich fügte er noch mit einem zuckersüßen Lächeln hinzu, dass sich über das ganze Gesicht erstreckte: „Mit Evian, stimmt doch, oder?“

Vor Schreck blieb mir der Mund offenstehen und ich brachte angesichts des unglückseligen Moments von soeben, dessen Zeuge mein Schwarm geworden war, kein weiteres Wort heraus.

„Nun?“, verlangte er zu wissen. „Hast du – oder hast du nicht – gerade mit deiner Katze gesprochen?“

Ich strich mir eine Haarsträhne hinters Ohr und schluckte schwer, bevor ich ihm eine Antwort gab. „Na ja, ich rufe ihn manchmal an, wenn ich weg bin. Er leidet unter Trennungsangst, von daher …“ Ich lächelte so einschmeichelnd wie möglich an, aber es schien nicht zu wirken. Ich stand auf verlorenem Posten.

„Aber es hörte sich doch ganz so an, als würde er dir antworten.“ Charles schien sich sicher zu sein. „Als hättest du tatsächlich eine richtige Unterhaltung mit ihm geführt.“

Ich blinzelte heftig, während ich stammelnd hervorstieß: „Was? Jetzt sei nicht albern! Natürlich kann ich nicht mit Tieren reden. Ich meine, wer kann das schon?“

„Du anscheinend“, erwiderte er und blickte mich scharf an. Offensichtlich wollte er mich nicht vom Haken lassen, bevor ich nicht die Wahrheit aussprach und zugab, was ich unbedingt verheimlichen wollte.

Ich schluckte den dicken Kloß im Hals hinunter und fing dann lauthals zu lachen an. „*Erwischt!* Ich kann nicht glauben, dass du auf meinen kleinen Trick hereingefallen bist!“

Charles schob beide Hände in seine Jackentaschen und wippte auf den Fersen auf und ab, erwiderte jedoch nichts darauf.

Oh, du meine Güte. Warum blieb er denn stumm?

Mein Herz galoppierte wie ein wilder Hengst, und mein Lachen erstarb.

Charles studierte mich sekundenlang und mir gelang es einfach nicht, wegzuschauen. „Du kommst jetzt mit mir“, meinte er schließlich.

„Was?“ Ich verschränkte die Arme trotzig vor der Brust. „Auf keinen Fall. Ich habe hier noch viel zu viel Arbeit.“

Er stützte sich mit den Handflächen auf meinem Schreibtisch ab und beugte sich vor, sodass unsere Gesichter nur wenige Zentimeter voneinander entfernt waren. Unter so ziemlich allen anderen Umständen hätte mich seine Annäherung gefreut.

So jedoch war ich einfach nur entsetzt.

„Oh doch – du kommst jetzt mit mir!“, wiederholte er mit einem teuflischen Grinsen.

„Es sei denn, du möchtest, dass ich jedem erzähle, was ich gesehen habe.“

Ich schluckte erneut. „Jedem?“

„Jedem“, bestätigte er, bevor er sich wieder zu voller Größe aufrichtete und seine Krawatte richtete.

Komplett durcheinander und unfähig, einen Ausweg zu sehen, stand ich auf, um mit ihm zu gehen.

„Sehr gut“, sagte er, während er mir die Tür aufhielt und mich per Handbewegung aufforderte, hindurchzugehen.

Ich drehte mich um und musterte ihn. „Wo wollen wir überhaupt hin?“

„Zu mir“, antwortete er kühl, als wir über den Parkplatz in Richtung seines Wagens liefen. Charles hatte mich noch nie zuvor irgendwohin eingeladen oder auch nur mitgenommen – und schon gar nicht in seine Wohnung. Dummerweise hatte ich das Gefühl, dass mir das, was mich dort erwartete, überhaupt nicht gefallen würde.

Lies dieses Buch jetzt > http://www.katzengeheimnisse.com/MissDolittlesGeheimnisSerie

ÜBER MOLLY FITZ

Obwohl USA-Today-Bestsellerautorin Molly Fitz genau genommen nicht mit Tieren sprechen kann, führen sie und ihre vierbeinige Gefährtin, Sky Princess, oft tiefgründige und lebhafte Gespräche, während sie den alltäglichen Dingen des Lebens nachgehen.

Ebenfalls zur Familie gehören fünf weitere Hunde, zwei kesse Katzen, ein komödiantischer Ehemann und eine divenhafte Tochter – jetzt können Sie sich wohl in etwa vorstellen, wie es in der Casa de Fitz zugeht.

Molly lebt in einem Haus auf einem Hügel in den Wäldern von Alaska und wagt sich gelegentlich hinaus, um ein exquisites Essen zu genießen, einen guten Kaffee zu trinken oder neue Tierfreunde zu treffen.

Mit ihren schrägen und gleichzeitig schnuckeligen Tierkrimis hat sie sich einen ganz speziellen Traum erfüllt, schreibt aber ebenfalls herzzerreißende Romane unter ihrem richtigen Namen, Melissa Storm, und hat es damit bis in die New-York-Times-Bestsellerlisten geschafft.

Erfahren Sie mehr unter

www.katzengeheimnisse.com

Oder abonnieren Sie ihren Newsletter für

regalmäßige Buchneuigkeiten

www.katzengeheimnisse.com/abonnieren

Printed in Poland
by Amazon Fulfillment
Poland Sp. z o.o., Wrocław

14486032R00176